【美】桑迪普·乔哈 Sandeep Jauhar —— 著

黄瑶 —— 译

远去的父亲

—— 阿尔茨海默病和我们

北京联合出版公司

图书在版编目（CIP）数据

远去的父亲：阿尔茨海默病和我们 /（美）桑迪普·乔哈著；黄瑶译. -- 北京：北京联合出版公司,2024.6
ISBN 978-7-5596-7516-3

Ⅰ.①远… Ⅱ.①桑… ②黄… Ⅲ.①回忆录 - 美国 - 现代 Ⅳ.①I712.55

中国国家版本馆CIP数据核字(2024)第063387号

Copyright © 2023 by Sandeep Jauhar
Published by arrangement with Aevitas Creative Management, through the Grayhawk Agency Ltd.

北京市版权局著作权合同登记 图字：01- 2024－1415

远去的父亲：阿尔茨海默病和我们

作　　者：（美）桑迪普·乔哈
译　　者：黄　瑶
出 品 人：赵红仕
责任编辑：高霁月
特约监制：王秀荣
特约编辑：孙淑慧
装帧设计：曹晞婷

北京联合出版公司出版
（北京市西城区德外大街 83 号楼 9 层 100088）
北京联合天畅文化传播有限公司发行
三河市百盛印装有限公司印刷　新华书店经销
字数 155 千字　880×1230 毫米　1/32　7 印张
2024 年 6 月第 1 版　2024 年 6 月第 1 次印刷
ISBN 978- 7- 5596- 7516- 3
定价：46.80 元

版权所有，侵权必究。
未经书面许可，不得以任何方式转载、复制、翻印本书部分或全部内容。
本书若有质量问题，请与本公司图书销售中心联系调换。电话：（010）64258472-800

当我们面对认知障碍（推荐语）

面对阿尔茨海默病等认知障碍，每个人的表现和反应各不相同。作者详尽描述了父亲经历早期认知损害直至最终离世的完整经历，不时提出令人深思的话题：一辈子的夫妻关系面临认知障碍挑战时，如何更好地维护双方的尊严？面对患病老人的困惑，照顾者应诚实地告知实情还是善意地用谎言安抚？当兄弟姐妹在照护决策中各持己见时，该何去何从？

作者既是儿子，又是医生，在面临这些问题时，更深刻呈现了他的种种内心冲突。书中有这样一段话令我感动："我的父亲可能不记得我们每周日都会去印度卷饼之家吃午餐，但他仍然知道，无论餐馆在哪儿，我都是那个带他去吃饭的人，我们仍然共享着一种家庭关系、一种历史，即便他并非总能记得这段关系和历史，他仍然是我的父亲，因为我认为他是。"的确，认知障碍老人可能会忘却身边的人，忘记自己的经历，甚至不会表达自己的愿望，但是，只要他/她与身边的人保持联系，哪怕只是一个微笑，一句问候，就能让他/她在与外界的联系中保持尊严，享受内心的满足感。

在父亲逐渐走向生命尽头之际，作者兄妹三人趁父亲熟睡之际，在卧室中回忆家族故事，既是对父亲生平的赞美，又像是对未来的告别预演。这个过程虽充满哀伤，却也留下了难忘的家庭记忆，让每位照顾者在面对死亡时有所准备，学会珍惜当下，并转化为对过去美好回忆的深深怀念。

《远去的父亲》呈现给我们的不仅仅是真挚的情感表达,还是极其深刻的人文思考,无疑是一本极具价值的认知障碍科普读物,值得我们细细品读和深入体会。

——北京大学第六医院记忆障碍诊疗与研究中心　王华丽(教授)

目录

引言　他们以前都叫我"高手"　/ 1

第一部　斑块与缠结　/ 1

1. 我们随时都可以搬去佐治亚州　/ 3
2. 那你什么时候把皮娅带来　/ 16
3. 那我就打辆出租车　/ 27
4. 你会名垂青史　/ 37
5. 总有一天她会离开，这一切都会过去　/ 45
6. 看来我们要面对的是一种特殊的疾病　/ 58
7. 这一天终于来了　/ 73

第二部　伤疤　/　79

8. 你想让他像他妈妈一样，被关进带锁的病房吗　/　81

9. 她告诉我，她愿意无偿工作　/　98

10. 好吧，别担心我的孤独！　/　116

11. 你们的妈妈呢　/　135

12. 如果你不懂数学，那不是我的问题　/　151

13. 你是我的家人　/　166

14. 别担心，事情会解决的　/　184

致谢　/　201

引言

他们以前都叫我"高手"

坐在曾为我母亲治疗帕金森病的神经科诊所候诊室里，父亲开口问我："我为什么会在这里？"这可能已经是他第三次提出这个问题了。

"因为你的记忆力越来越差了。"我说。

"我的记忆力好得很。"他答道，并坚称对他这个年纪的人来说，任何一时的行为失常都是正常的。

"那你午餐吃了什么？"我问，眼睛直视着前方。

他思索片刻，明白了我的意思，轻蔑地哼了一声。"好吧，谁能记住所有的事情啊。"他喃喃自语。

几个月前，他和母亲搬来了长岛，也就是我和哥哥居住的地方。自从他们搬来这里，我就开始怀疑他的症状并不是他所说的常见老年认知变化。举个例子，从小贫困的他用钱一直十分谨慎，如今却会写空头支票。他预订了酒店和机票，却忘了取消预订——这是我哥拉吉夫开始监控他的银行账户后才发现的事情。他几乎每个礼拜都会响应群发邮件或电视上的慈善募捐，随机为慈善机构捐款。"这里250块，那里100块。"拉吉夫说，"钱倒是不多，但我不确定他是否清楚自己在做什么。"听到我们的担忧，父亲说那是他的钱，他想怎么花就怎么花。

因此，即便我们兄弟俩拥有近40年的医疗经验，也还是判定父亲需要专家的治疗。作为心脏科医生，我们了解心脏疾病。但我们意识到，父亲的问题处在另一个不同的层面。

对此，父亲似乎并不在意。在他看来，失忆是衰老的必然结果。公元前6世纪，希腊萨摩斯岛的哲学家毕达哥拉斯将生命周期划分为五个不同的阶段，最后两个阶段被称为衰老期，是一个人的身体与智力衰退的时期，"幸运的是，很少有人能够活到这个阶段——整个身体系统又回到了婴儿时期初期的低能状态"。我父亲的看法与毕达哥拉斯的"随意宿命论"一致。

我经常问他"你觉得自己的记忆力如何？"，愚蠢地希望只要他能意识到问题所在，也许就可以更努力地克服它。

"我的记忆力很好啊。"他回答。

"可你老是忘东忘西。"

"每个人都会忘事，我的孩子。"他向我保证，"每个人都会这样。"

讽刺的是，父亲曾经极其讨厌失去各项机能的可能性，尽管他当时还没有理由害怕这种事情。我记得大约10年前，我还住在纽约。一个冬日，我站在河滨公园里，朝着电话对他大喊大叫，因为他又不吃降压药了。虽然他是一位备受尊敬的科学家，却从不相信药物（或医生）能让他保持健康。

"你想中风吗？"我对着电话吼道，因为他告诉我，他的收缩压还在160上下徘徊（大于140就被认为是高血压），偶尔测量时还会出现更高的情况,"那样你就不能工作了。"

"我宁愿去死。"他回答,然后才同意重新开始服药。

然而,他此时此刻出现在了这里,坐在乙烯基椅子和盆栽之间,若无其事地喝着克里格咖啡机制作的免费咖啡,等待叫到他的名字。他又问了我一遍,他如何才能成为器官捐献者。于是,我又把那个他不想听到的答案重复了一遍:因为他年事已高,所以选择有限。

"别这样,桑迪普。"他恳求道,"我的器官很好!"

"我们再研究一下。"我回答,不想在候诊室里讨论器官的问题。

"你告诉我,去哪里可以拿到捐赠卡。"他站起身,拿起公文包,"我在这里问问。"

"坐下。"我发现已经有人开始盯着他看了,生气地低声说道,"你不能随便告诉别人,你想捐献器官。这就像你刚才问前台那位女士:'你认识哪个寡妇可以让我捐款吗?'"

"我没问。"

"你问了!事情不是这么做的。你必须通过正当渠道。"

"你又没告诉我什么是正当的渠道。"

"好吧,那我们研究一下。但是爸爸,别这样,你已经76岁了。"

他显然十分失望,嘴里嘟嘟囔囔,紧接着就有人喊出了他的名字:普雷姆·乔哈。我赶紧站起来,拍了拍他的肩膀,让他跟着我。马克·戈登医生已经准备好要见我们了。

我第一次意识到事情不太对劲是在四个月前。我飞往父母当时居住的北达科他州,参加父亲的退休派对。

我的父母住在距离法戈机场大约10英里[①]处的一片居民区。那里遍布砖房、方形草坪和小树。那个炎热的7月午后，我把车子停在他家门口时，一眼就发现了门前草坪上竖着"房屋待售"的牌子。他们为孙子、孙女准备的秋千已经坏了。母亲珍视的花园里也长满了杂草。迈上屋前的台阶，我看到车道上布满了油渍，车库的大梁上锈迹斑斑。整个房子看起来并不像待售的状态。

我到家时，父母正在客厅里。母亲拉杰虽然身体日渐虚弱，却还是坚持要起身拥抱我。当时她患帕金森症已有好几年的时间，动作忽动忽停，十分缓慢。尽管如此，她依旧穿着黄色丝绸材质的纱丽克米兹，戴着金镯，还特意用指甲花染了头发，看起来美丽动人。父亲的头发比我大约一年前最后一次见他时更显花白，也更加细软，身材也瘦了一些。"嗨，亲爱的。"他深情地招呼我，拍了拍我的脑袋，仿佛我又回到了8岁那年。然后在我还没来得及拥抱他时，他就转向了我妹夫——我妹妹苏尼塔的丈夫维尼。他比我早到几分钟。"维尼，就像我刚才说的，这里的生活就是地狱。"他说，"这是我们经历过最糟糕的冬天。"

自从去年夏天以来，我就没有来过父母家。但我很快注意到，房子的大部分地方看上去像是没有人住过。肥皂盒是空的，灯泡也该换了。父亲的床头柜上放着一瓶黑色达卡牌古龙水，无疑是哥哥送的礼物，却没有打开。被母亲用作神龛的壁橱里，通常盛满了香灰的铜碗被擦得干干净净。平日里那堆象征祈祷的烧焦火柴也不见了。

[①] 一英里约为1.6千米。——编者注

地下室的一个角落里堆放着几只硬壳的新秀丽行李箱，还有一些旧桌游、旧鞋和没有打包的旧书。母亲的披肩挂在一根钉子上，夹在皱巴巴的毛衣和父亲廉价的印花衬衫中间。

我走进父亲的书房。墙上挂着一个镶框的纪念匾，是几个月前别人为他举办欢送午餐会时送给他的。上面写着："在困难面前，我们坚强不逃避。"桌面上铺满了黑白的电子显微照片，档案柜里堆满了文件。我拉开抽屉，在悬挂的折叠夹里翻来翻去，想找出点儿什么——虽然我也不确定要找什么。我偶然翻到了几个常见的文件夹：《小麦的基因组染色体配对》《三属间杂种的细胞特征》。我还找到了几本法戈-穆尔海德论坛的旧刊，上面印着我父亲面带微笑的照片，标题是《北达科他州州立大学遗传学家培育出抗赤霉病小麦品种》。

紧接着，我翻出了一个标签为"痴呆症"的文件夹。里面是一篇从美国有线电视新闻网官网下载并打印出来的文章，标题是《退休后的痴呆症：如何延缓或避免》。这篇文章显然被读过很多遍，因为上面用不同颜色的墨水笔标出了"学习一门新的语言""多走路"和"保持社交活跃"等建议。

"你在做什么？"

我吓了一跳。父亲站在门口。"没什么。"我边说边飞快地收起文件夹，目光扫视桌面，然后指着父亲大学时的一张黑白照片。照片中的他站在高处，和朋友们摆着拍照的姿势，和门口这个等得很不耐烦的老头形成了鲜明对比。我说："我没有见过这张照片。"

"别管它。"父亲说，"我们得去参加晚会了。"

"他们是你大学的朋友吗？"

"是的。"他说，"他们以前都叫我'高手'，因为我总是站在高处。"

我笑了。"你看起来好年轻。肯定还不到16岁吧。"

"我那时候读大二，印巴还没有分治。"他回答，"老师说我太聪明了，所以重新安置后把我安排到了大四。"

我关上抽屉，感觉心跳加速。"爸爸，我想你说的是我吧。我跳了两级，还记得吗？你去肯塔基州见了校长。"

"我也跳过级。"他短暂停顿了一下。

"同样的年级？你确定吗？"

"是的。"他说，"好了，走吧。我们得去参加晚会了。"

在戈登医生的办公室里，一名医疗助理把我们领进了一间阴冷的检查室，里面摆着一台电脑、一张小桌和三把椅子。墙上的海报描绘了一幅衰败的秋景：雾气笼罩的池塘，两边是成片光秃秃的树木和掉落的红叶。助理把一张新纸拽到乙烯基的体检桌上，让父亲坐在上面。他欣然照办，打趣地说自己还是个年轻人。她用自动橡皮囊袖带给他量了血压，把两根手指放在他的手腕上，数着他的脉搏，然后为他测量了体温和体重。生命体征一切正常。

几分钟后，戈登医生走了进来。他一头鬈发，戴着眼镜，穿着皱巴巴的卡其裤和一件蓝色格子衬衫，打着一条不相配的领带，看上去完全符合他所从事的智力专业领域实践者形象。最近我在医院里碰到过他几次，向他简要介绍过父亲的病情。他建议我带父亲来做一次神经认知测试。戈登医生热情地握了握父亲的手。"你好吗，乔哈博士？"他问候道。

"很好。"父亲飞快地回答，"一切都好。"

戈登在自己的工位旁坐下，开始敲击键盘。初次就诊需要填写电子病历,所以我带头回答了戈登的问题。幸运的是,父亲的身体还十分健康。他会服用低剂量的阿司匹林、降压药和降胆固醇药(至少是偶尔服用),但不存在严重的健康问题,也不曾住院治疗。我说话时,父亲就那么静静地坐着。我猜他可能累了(他午后通常要打个盹),或是忘记了一些细节,抑或是被戈登的权威吓到了。他僵硬地坐在那里,双手放在腿上,衬衫口袋里装着一只钱包和几支笔,被塞得鼓鼓囊囊的。我猜,他虽然一直否认,但很有可能也知道出了什么问题。我松了一口气,因为他的问题终于得到了专家的治疗。

我告诉戈登,我们第一次注意到父亲的记忆问题是在三个月前的 8 月,也就是他搬到长岛之后。情况刚开始时似乎没有什么大不了的。他会忘记老熟人的名字,记不住新保险柜的四位数密码。但没过多久,这样的失误开始变得令人担忧。在家庭聚会上,他一遍又一遍地讲同样的故事,还指着照片让我指认人物,表面上装作测试我对家族历史的记忆。照片中的人有的是被遗忘多年的叔叔、阿姨,有时是我自己的孩子!这是一个惊人的转变。作为一位世界级的科学家,几个月前他还在小麦遗传学实验室里工作,而且是美国科学发展协会的会员。

"还有美国农学学会。"父亲补充道。

"没错。"我承认,然后继续详述他的记忆问题。

他和我母亲在希克斯维尔社区住了近三个月,本该利用那段时间熟悉周围的路径,却什么也没有记住。他会在开车从沃尔格林超市回家的途中迷路,可那个地方离家只有一英里远。他肯定以为自己要去街对面的 CVS 药店,在停车场外右拐,而不是左拐,在一个陌生的社区里转了近两小时才停下来找陌生人问路。认知障碍还影响了他的情绪。他经常暴怒,这对他来说是一个不小的变化。在最近的一次争吵中，他推了我母亲的护工。

"你们在说什么？"父亲突然问道。

"博士，我们必须讨论一些事情。"戈登插嘴解释道，"你的儿子想让我了解你遇到的麻烦，所以必须描述一些我问他的事情。当然，如果你不同意，请告诉我。"

在接下来的访问过程中，父亲一言未发。

轮到与我的父亲交流时，戈登的语气虽然和蔼可亲，却略带着资深医生的高人一等。父亲在回答戈登的提问时表现得十分配合，但我看得出来，他觉得一些问题有失体面。他当然知道今天是什么日子（2014年11月12日），却不知道我们在什么地方（曼哈西特）。（我告诉自己，这没什么大不了；他很少有机会来这个地方。）他能够回忆起我小时候的故事，甚至是他自己的童年逸事，却记不清最近发生的事情。他不记得最近在他家举行过一次聚会，也不记得那天中午他吃了什么。"博士，你记不起某些事情，会不会感到困扰？"戈登问。

"谁都不可能记住所有的事情。"父亲回答，引得神经科医生笑了起来。

身体检查一切正常。父亲的感官、协调能力、运动力量和反射都是相等且对称的。但在一项名为"简易精神状态测试"的认知检测中，他出现了一些失误。一开始，他的表现尚可，能从100开始每隔7个数倒数，并且能够正确地说出手表、钥匙和钢笔的名称。他知道最近有关"伊斯兰国"的新闻，听到"菠菜""小提琴"和"大象"等词后马上就能复述，大约三分钟后也能回忆起来。当被要求写一句话时，他写的是"你是一个好人"。

但他犯了一些意想不到的错误。他可以正着拼写单词"WORLD",却无法把它倒过来拼写("D, L, O, R, W")。他说现任总统是乔治·布什,后来才改口说是贝拉克·奥巴马。他也很难画出11点10分的时钟,还莫名其妙地忘了时针和分针,忘了3点到9点的刻度应该垂直于12点到6点的。后来我才知道,这是视觉空间推理受损的明显迹象。"这是不对的。"父亲边说边把画还给戈登。

"为什么不对?"戈登问。

"我没有画出细节。"父亲解释称。

"那你为什么不画呢,博士?"戈登追问。

"因为我不想。"父亲厉声回答。

测试结束后,戈登解释了他的发现。我的父亲在满分为40分的简易精神状态测试中拿到了23或25分。具体的分数取决于戈登如何判定其中几个答案。这一结果,加上我提供的历史信息(以及我父亲无法提供的历史信息),与"遗忘型"轻度认知障碍(MCI)的诊断一致。

其实,"轻度认知障碍"这个词对我来说是个全新的概念。从医近20年,我从未听说过这个词。相关诊断最早出现在1988年的精神病学文献中,其根源可以追溯到20世纪60年代的早期论文。当时,它被称为"轻度痴呆症""局限性痴呆症""可疑性痴呆症"和"衰老性健忘症"。戈登解释称,轻度认知障碍意味着我父亲的认知功能比这个年龄的预期要差,但可能还没有糟到可以被归类为真正的痴呆症。尽管父亲在几个精神领域表现出明显缺陷,尤其是记忆力方面,但这些缺陷是可以弥补的,这样大多数见到他的人就不会发现有什么问题。和大多数患有这种疾病的患者一样,父亲开始需要一些帮助来进行更复杂的活动，比如开车。

戈登表示，多达五分之一的老年人患有轻度认知障碍，其中20%或者可能更多的轻度认知障碍患者会发展成全面痴呆症（戈登推测，我的父亲可能处于早期阶段）。我父亲可以做一些事情，来降低患痴呆症的概率，比如健康饮食、经常锻炼、参加社交活动。但谁也没办法预测疾病的发展进程。戈登说，我们可以做进一步的测试，比如通过特殊的PET扫描寻找β-淀粉样蛋白——这是阿尔茨海默病患者大脑中积聚的一种异常蛋白质。但扫描费用昂贵，保险公司不会买单，而且β-淀粉样蛋白的存在（或缺失）与疾病活动的相关性很弱。不管怎样，治疗阿尔茨海默病尚没有什么好的方法，所以戈登表示他不推荐这种方法。这并没有令我感到意外。虽然神经科医生通常都是诊断专家，但能给患者提供的东西少得令人沮丧。

不过，戈登说他会让我父亲开始服用安理申——批准用于治疗阿尔茨海默病的四种药物之一。用安理申治疗痴呆病有点类似于用泰诺治疗关节炎。这种药物可能可以改善父亲的记忆力（尽管是最低限度的），但对减缓他认知障碍的发展没有任何作用。戈登表示，如果我父亲能保持现有的水平，也算是一个小小的胜利。他建议六个月后再带他回来进行一次复诊。

"感谢您抽出时间，先生。"我们起身准备离开时，父亲说道，似乎并没有注意到医生刚刚宣布了一个即将改变他人生的消息。他向戈登要了张名片，然后递上了自己的：一张朴素的黄色名片，上面印着他的名字、地址和"美国科学发展协会会员"的头衔。名片的底部写着一句话："成功是一段旅程，而不是终点。"

回到车里，我为父亲打开车门。他坐进前排的副驾驶座位，却系不好安全带，忙活了好几秒才放弃，让我帮忙扣好。我坐到方向盘后面，把车子倒出来，陷入了沉思。

"神经科医生怎么说？"在红绿灯前等待时，父亲问道。

"他说你的记忆力有问题。"

父亲嗤之以鼻，转身凝视窗外。"到了我这把年纪，这很正常，不是吗？"

最先要求我们带父亲去看神经科医生的人是我的母亲。一个秋风习习的傍晚，我们在希克斯维尔的社区里散步。鸟儿在啁啾，洒水器在洒水，孩子们在空荡的街道上骑着三轮车。母亲告诉我，上个周末，父亲在从西尔斯百货公司开车回家的途中迷路了。虽然她让他打电话给我们其中的一个，但他还是决定把车停在主干道上，向路人招手问路。9月的那个晚上，我搀扶着她迈上台阶、准备进屋时，她转向我，终于低声问出了那个谁都不敢问的问题："你父亲是不是得了阿尔茨海默病？"

内科医生兼散文家刘易斯·托马斯称痴呆症是"所有疾病中最糟糕的"，其中阿尔茨海默病是最常见的一种。毫无疑问，我的母亲会同意这种说法。对她来说，失去控制、名声败坏、最终完全依赖他人和机构护理是最糟糕的老年生活——甚至比剥夺她的运动功能与生活享受的帕金森症还要糟糕。

1977年，我们刚搬到美国时，这个国家正处于所谓的"阿尔茨海默病大觉醒"时代。20世纪70年代初的研究表明，这种疾病并不像以前认为的那样罕见，实际上是美国社会中导致死亡的主要原因之一，与心脏病和癌症相当。

从那时起，随着越来越多人的寿命增长，这一发现成了无可争议的事实。今天，每个人都认识某个痴呆症患者。据估计，如今患有阿尔茨海默病或相关痴呆症的美国人已达600万——大约每10个65岁以上的美国人中就有一名患者——而且这一数字预计在30年内还会翻一番。到21世纪中期，这种疾病预计将折磨近1500万美国人，在全世界范围内会影响超过1亿人，并且很有可能赶超癌症，成为第二大最常见的死亡原因（心脏病仍然位居榜首）。在调查中，痴呆症其实比癌症更令人恐惧。它比死亡本身更加可怕。

2014年秋天找戈登医生看过病之后，我们全家开始了一段旅程。在接下来的几年中，在与家人一起应对父亲病情恶化的同时，我也开始了自己的探索，想要了解他的大脑和其他痴呆症患者的大脑。这本书就是对这段旅程的一次回顾。它讲述了我与父亲的关系，特别是在他生命的最后阶段——他向疾病屈服的过程中。它还涉及当家庭成员必须充当照料者时引发的难题，以及兄弟姐妹之间的纽带关系和对这些关系的检验。书中的对话与冲突虽然是个体化的，但在很多方面也是普遍的，代表了每一个面临老年人智力退化问题的家庭会产生的对话与冲突。除了个人的经历，本书还会涉及大脑如何以及为何会随着年龄的增长而退化；记忆如何赋予我们生活的意义，即便它会随着时间的推移而动摇或改变；还有痴呆症如何让我们对生而为人的意义有了复杂的理解；这种疾病对病人及其家庭和整个社会又意味着什么。

我所获得的知识帮助我进入了父亲的世界，也帮助我部分弥合了我们之间的鸿沟。我一生都在以这样或那样的方式努力跨越这道鸿沟。不过，这有可能是我经历过的最艰难的旅程。在将近七年的时间里，我推动、督促、威胁、哄骗、反复恳求，也曾鼓励和嘲笑。我会强迫父亲走路，给他买书，逼他拼拼图。我爱他，关心他，也恨他。

"别忘了我。"他的眼睛似乎在说。所以，作为儿子，我会努力维持对他的完整记忆。我对他的了解——他是谁、他的好恶——比他对自己的了解还要多。这是一种奇怪的责任。在聚会上，我发现自己会说："他写过书。他得过学术奖项。"我在提醒大家，他不仅仅是个病人。

最终，我将只能记起他的只言片语。人到中年，我的记忆也在衰退。我会想起他年轻时的样子。他过去的身影会出现在言语和手势中——模糊、遥远，仿佛一种几乎无法辨认的感觉——但这些元素有时会拼凑在一起，让他出现在我的眼前：昔日的父亲，身穿浆过的白色校服，拉着我前往汽车站，他紧紧地攥住我的手指，就像我现在会攥住他一样。当然，我的记忆是虚构的，但和这个虚构的东西相比，他变成的那个人更像是一个幽灵。

11月那个寒冷的日子里，当我们开车驶离戈登医生的办公室时，我还不知道接下来会发生什么。作为一名医生，我知道疾病最终会取得胜利。没有惊喜，没有奇迹；这是一场注定要失败的战斗。我脑子里唯一的问题是，我们在战斗的过程中会牺牲多少东西。

第一部

斑块与缠结

I

我们随时都可以搬去佐治亚州

2014年7月的一个早晨，在我准备飞往法戈参加父亲的退休派对前一周，我收到了他以前的邻居发来的一封令人不安的电子邮件。虽然我见过他几次，甚至主动邀请他参加聚会，但他还是觉得有必要自我介绍一下。

"我叫阿吉特·达姆雷。"他写道，"以前住在法戈，就在你父母家对面。我是一名心血管外科医生，最近刚从当地的一家医院退休，现在搬到了佛罗里达。

"自从普雷姆和拉杰来到法戈，我就认识他们了。我们怀着最深切的喜爱之情想念着他们。普雷姆谦逊的言谈举止掩盖了他作为世界级科学家的非凡地位（直到你有机会了解他才会知道！）。随着多年的交往，我越来越佩服他的人品。拉杰是个可爱的人，即便只是偶尔上门做客，她也一定要做一顿美味的旁遮普菜才肯放我们离开。随着时间的推移，他俩在当地印度社区的地位上升到了资深大家长的水平。

"遗憾的是，我们不能参加 7 月 19 日的派对，但我会打电话给普雷姆和拉杰。我很高兴他们要搬去纽约了。我上次去的时候看到他们的房子正在出售。如你所知，我偶尔会在财务规划和其他方面给普雷姆提一些建议。我很担心他已经不是以前的他了。恕我直言，我是出于对拉杰和普雷姆的尊敬和喜爱才这么说的。"

邮件继续写道："你父母最近来坦帕看望我们，与我们畅聊了他们退休后的生活。他们明显十分焦虑，把财务状况告诉了我，我认为他们没有什么可担心的。但这需要一些规划。

"我知道你们都非常爱他们，会无私地照顾他们。我也是退休人士，更了解老年人的心理。他们会自然而然地变得轻微偏执，（和任何姻亲一样）不想依赖你们的配偶。所以，如果你能说服他们去找理财规划师和遗产律师等，会对他们大有益处。他们想要独立的生活，但不知道该怎么做。"

独立的晚年生活是我父母从未计划过的事情。在他们近 40 年前从印度移民到这里时保留的文化中，儿子（或者更确切地说，是儿子的妻子）就应该照顾年迈的父母。在一个没有社会保障体系可言的国家，成年的儿子是最可靠的社会保障形式。所以，早在我们能够发表意见之前，全家就已经假定好，在时机到来之际，父母会和拉吉夫或我住在一起。"你们还是婴儿时，我们给你们擦过屁股。"父亲经常提醒我们。他无须明确表示自己期望任何回报。当父母无法再照顾自己时会发生什么，这是一个沉重的话题，因为他们的焦虑不仅涉及自身的幸福与安全，还关乎孩子们的文化选择，以及他们作为父母的权威是否会随着我们的成长而消失。这可不是闹着玩的事情。我记得父亲唯一一次跟我们开玩笑，是问他老了以后，我和拉吉夫是否会给他免费看病。我向他保证，我们会给他折扣。

随着时间的推移，我和哥哥、妹妹陆续搬走，家人各奔东西。我父母对晚年生活的规划逐渐变成了他们不愿兑现的承诺。这种转变始于我们十几岁的时候。在约会、饮酒和其他美国文化的传承仪式上，我和哥哥与父母发生了冲突。随着我们进入大学和医学院、开始独立生活，这种冲突仍在继续。对我们和父母来说，在印度自身已经发生变化的情况下，还要坚持受其影响制订的计划，并非易事。我们谁也不愿意再住在同一个屋檐下。如果父母在我们的眼中太过传统，那么我们对他们来说也太过现代。

虽然这个问题很少被拿出来讨论，却依然存在：当我的父母无法再独立生活，他们要搬去哪里？和大多数家庭一样，我们迟迟没有讨论这个问题，直到2011年，母亲在我们离家20多年后被诊断出患有帕金森病，情况才变得紧迫起来。随着她的病情恶化，我和哥哥一直在催促父亲退休，和母亲搬到长岛，住到离我们更近的地方。但他还没有做好准备。当时，他刚刚晋升为北达科他州州立大学的正教授，拿到美国农业部的最高薪资，他希望自己多年的辛勤工作能够获得一些经济回报。

2012年，父亲告诉我，他所在的院系制定了一项规则，要求教职员工每年至少发表两篇研究论文。这是一个武断的标准，肯定是为了迫使像我父亲这样的老科学家离开。但我相信他很容易就能达到这个标准，毕竟他已经在世界上最负盛名的科学期刊上发表了100多篇同行评议论文。奇怪的是，父亲竟然开始表示，他相信自己在学术界的日子已经屈指可数。他告诉我，他不想赶在截止日期之前发表低质量的论文，破坏他优异的履历。他花在办公室里完成工作的时间变得越来越多，却似乎进展甚微。回想起来，我早就该知道，要是父亲担心自己达不到自己的高标准，事情肯定比表面上看起来更糟。

就这样，我们展开了一系列尴尬的对话，父亲试图判断我和哥哥是否真的愿意让他和母亲搬到长岛，住在我们附近。"我们随时可以搬去佐治亚州。"他会消极地对我母亲说，"我听说雅典很美。"（可我的父母在佐治亚州谁也不认识。）我们试图打消他的顾虑，拉吉夫甚至提出在长岛给他们买一套房子。但父亲对他在我们生活中的地位一直没有安全感。这也是我们当初推迟搬家的原因。如果他们不那么传统，可能会选择搬到明尼阿波利斯，住在我妹妹苏尼塔和她的家人附近。但他们的文化不允许他们年老后依靠女儿和女婿。

最后，经过近两年没有结果的讨论，父亲终于在2013年11月宣布，他将于2014年的夏天退休，和母亲搬到长岛上的小镇希克斯维尔，距离拉吉夫和我大约8英里（约12.9千米）。母亲的表姐纳尼也住在那里。希克斯维尔有印度教寺庙和印度卷饼店，在文化方面与我父母过去25年来居住的以白人为主的中西部社区截然不同。父亲声称他们之所以搬到靠近家人的地方，是因为母亲的疾病。那时我就怀疑，这次的搬家可能也是为了他自己。

8月，我的父母搬到了长岛一条安静的街道上，住进了一套错层式的两居室住宅。他们在美国定居的大部分时间都是在那种朴素的社区里度过的，但这里的社区更加多元。他们已经在美国生活了近40年，双脚仍旧牢牢扎根于记忆中的印度，俯身窥视着新世界，却从未真正拥抱过它。现在，他们终于和那些至少在文化上与他们拥有更多共同点的人生活在一起了。我们希望他俩的晚年生活都能过得舒适惬意。

当他们抵达长岛时,我惊讶地发现,自从上个月去法戈探望他们以来,两人的病情竟然恶化得如此厉害。父亲敏感易怒,还很健忘;母亲走路都要人搀扶。为了帮忙搬家,他们请来了性情温和的清洁女工莎伦和他们一起住了两个星期。莎伦结实健壮,戴着眼镜,是在法戈生活的第三代北欧裔居民。她与我的父母相识多年,因此能够迅速整理好他们带了近20年的杂物,如同磁铁能够吸附铁屑。一天晚上,趁着在厨房里整理餐具的工夫,她把我拉到一旁。"情况正在恶化。"她直言不讳。我以为她指的是我母亲,其实她更担心我父亲。

"他的脑子有时糊里糊涂的,好像里面的东西在打转,无法一一梳理清楚。"她说,"我担心他如何才能照顾自己,更别提照顾你的妈妈了。他必须把每件事情都安排好,一、二、三,否则就会感到困惑。"她还告诉我,那年夏天早些时候,他在从法戈实验室开车回家的途中迷路了。他打电话回来时她恰好在家,才为他指明了回家的路。

"还有一次,他把我叫了过来。"我静静地听着她讲述,"他说:'我打算卖掉我的房子,需要怎么做?''嗯,我们得把房子整理得像样一些。'我回答。'别着急。'他回答,'我需要什么时候订票?''普雷姆,你以前搬过家,而且是跨越大洲搬过来的。别告诉我你不知道怎么搬家。'我提醒他。他说:'上一次是政府替我搬的。我不知道该怎么做。'我知道他很担心,也知道你妈妈没法动手,于是我就来了。"

她还补充了一句:"如果他在一年内恶化得很快,我很担心接下来会发生什么。"

他们搬到长岛之后,我几乎每天都会与父亲接触。在我看来，他的退化表现比在法戈时更为明显。对一个通常要按自己的意愿行事的人来说，他在搬家期间显得出奇地冷漠。对于家具和电视该放在什么地方，墙上该挂些什么，他几乎没有任何话要说。不过他坚持要挂上一张海报，上面写着"生日快乐"，并列出了每个孙辈的名字。他解释说："这样可以节省时间。"

在法戈，他的日程安排一直非常严格，如今却似乎毫无规律。每天下午，甚至大多数早晨，他都爱拉着窗帘打盹，而不是打开空调，把讨厌的热气挡在外面。不打盹的时候，他就会看电视，主要是印度肥皂剧和宝莱坞音乐视频。

这一点尤为奇怪，因为他曾经是个新闻迷。在我童年时代的星期日早晨，大卫·布林克利的声音就像母亲催促我们到桌边吃她做的土豆帕拉塔一样熟悉。读中学时，我常和父亲前往家附近的加州大学河滨分校图书馆，阅读《纽约时报》或政治、外交政策方面的书籍和新闻杂志——尤其是我特别感兴趣的核军备控制类内容。我13岁生日那天，他送了我一份《洛杉矶时报》著名头版文章《和平》《月球漫步》《尼克松辞职》的合集。后来，我们总是趁家里其他人都上床睡觉后一起看《夜线》（*Nightline*）。他一直鼓励子女跟进全球时事，现在整天观看的是舞蹈视频，还有占星家和数字命理学家普雷姆·乔蒂什宣称每分钟收费五美元的矫情电话服务广告。

我以为可以通过询问父亲的研究来吸引他，但他已经退休，对此似乎不感兴趣。我雇了一个大学生来帮他写回忆录。关于这本书，他已经规划了好几年，但在他不断取消约定后，那个学生便没有再来了。

后来的一天早晨，阳光透过厨房的小窗户洒进来，他问我为什么他每天只吃六种药。"第七天我要吃什么药？"他想知道。

起初，我说服自己，这些失误都是退休和搬家的压力以及失去熟悉的日常生活造成的。我安慰自己，等父亲逐渐适应新家的生活、交到新的朋友，一切就会有所好转。于是我们确保邀请了妈妈的表姐纳尼和她的丈夫奥米来参加家庭聚会，希望他们能把我的父母介绍给他们的社交圈。但他们始终态度冷淡，保持着距离，也许是知道事情的发展方向，不愿承担超出自己能力范围的责任。

49年来，我父母几乎做什么都在一起，所以和父亲一样，母亲的病情也在恶化。住在法戈时，她就已经几乎无法独自站立，如今肢体残疾的状况更令人震惊。我晚上下班后去看她，发现她就坐在餐桌旁，旁边是父亲散落的文件，围兜里还撒着食物。曾经的她总是笑容满面，现在却时常面无表情。曾经轻松的对话也变得不再顺畅。帕金森症还会导致她的血压急剧下降，害她经常摔倒，连饭都做不了。莎伦告诉我，我的父母在法戈时一周有三顿晚餐都吃麦片。而身在2000英里之外的我们竟然毫不知情。

她病情的恶化无疑让父亲难以承受。照顾她所需要的体力劳动本身就让人不堪重负。她拒绝使用床边的马桶，所以他必须不断地陪她去洗手间，即使是在半夜。我们担心她会因此摔倒，损伤髋骨。他早上6点就得起床，给她服用甲状腺药物，到了9点钟再安排她服完剩下的药。每天早上，他都得搀扶着她在跑步机上行走，即便她的平衡感已经十分糟糕。如果我们雇的兼职助理过早地终止了锻炼，即使是因为母亲的坚持，他也会大发脾气。"你一点也不关心我的妻子。"他会不满地怒斥。

他会因为照顾母亲的护工总是不断轮换而大发脾气，尤其是他经历了无眠的一夜、第二天早上碰到他们来轮班时。他会说，他不需要他们，雇他们是浪费钱，并表示自己应付得了。其中有些人对他来说太"现代"或太"独立"了。还有一个被他指责为"爱炫耀"。我向护工们解释称，我的父亲精神不大正常。大多数人因为需要工作都会忍受这种虐待。即便如此，我们还是在两个月的时间里换了七名护工，而且第一天就离职的概率是60%。

尽管父亲越来越无助，但他对母亲仍旧保持着一定的控制力，并且十分热衷于运用这种控制力。每到下午，即便她没有心情，他也会坚持让她吃些他亲手切好的水果。在饭桌上，就算她说她不饿，他也总是坚持让她把盘子里的食物吃完。虽然有些勉强，但她都会默默照做，因为她已经没有精力可以浪费在和他吵架上了。尽管如此，父亲孜孜不倦的劝诫还是令她筋疲力尽。他总是要她多吃点东西、增加体重、重视锻炼、多吃水果，还让她必须按照正确的方式，即他的方式做事，让这份关爱渐渐变得极端且有害。当我问他为何总是觉得有必要关注她时，他告诉我："那是因为我爱她。"他当然是爱她的，尽管他竭尽全力，她的病情还是没有好转的希望和喘息的机会。这样的事实让他备受打击，心中充满了愤怒与痛苦。

一直以来，他们对待这个世界的方式都大相径庭。她小心谨慎，性情平和；他却经常冲动。她容易满足，是个宅女；他野心勃勃，喜欢旅游。她在新德里一个富裕的家庭里长大，家里有仆人服侍；他成长于贫穷的坎普尔农村。她温文尔雅，善于交际；他脾气固执，十分古怪。刚结婚那几年，他们的婚姻就如同一个火药桶。家里总是充斥着未解决的愤怒，对姻亲的怨恨——几乎任何事情都可能引发肆意的谩骂和无尽的眼泪。随着时间的推移，他们逐渐理解了彼此。她带着听天由命的茫然接受了他的一些癖好,仿佛这些癖好是命中注定,属于包办婚姻的一部分。她决心要充分利用这些癖好。她不相信空谈,不相信分析,不相信戏剧性,只想把自己最好的一面展现出来,一步一个脚印地往前走,带着尊严和优雅接受生活的境遇。

虽然身体状况每况愈下,母亲依旧保留着这些品质。搬家后不久的一个晚上,我扶她上楼去卧室。她走得很慢。最近摔过几次过后,她就很害怕再次跌倒。即便步履维艰、双手因为紧抓着栏杆而变得苍白,她还是转向我说:"这对你来说一定很难受吧。"

我们希望父母可以尽可能如他们所愿,长久地生活在自己家里,而这意味着我和哥哥、妹妹都得凑钱帮忙。我们认为,只要能让父母继续独立生活,这算不上是什么很大的代价。妹妹经常从明尼阿波利斯回来探望他们,帮妈妈洗澡、更衣。我会喂她吃药,帮她买东西。哥哥负责处理家事。尽管如此,我父母的房子就和他们自己一样,一直处于年久失修的状态。

2014年夏天,我和兄弟姐妹们加入了美国大约1500万未受培训的家庭护理员行列,开始无偿照料家里的老人。2016年的一项研究发现,在这支基本上无人注意的劳动力大军中,最忙碌的那一半人平均每周要花费近30小时照顾亲属,其中许多被照料者患有痴呆症。他们每年无偿工作的时间价值据估超过4000亿美元。为了这份工作,家庭护理员都要付出一定的代价[①]。他们患抑郁症的风险增加,身心健康和职业生涯也会受到负面影响,包括工作效率下降。在美国,生病和衰老是一件很

[①] 2005年,一项为期两年的研究发现,57名护理员的唾液皮质醇水平明显高于对照组,而皮质醇水平与慢性压力有关。

可怕的事情。而照顾生病和衰老的亲人往往是一份全职工作。

父母搬家后,我在《纽约时报》上发表了一篇文章。一名家庭护理员在评论区写道:"这是我做过最艰难的无薪工作。(我的父亲)需要全天候的照料,所以我不得不雇了一大堆护理员来帮忙,同时还要设法处理他的医疗保健问题,管理他日益减少的资金,卖掉他的房子,多次搬家,以及应对日常危机。愿上帝保佑所有正在经历这一切的人。"

另一个人写道:"我的父母生病时,正是我处于20多岁到30岁出头的阶段。这对我而言是一件幸事,也是不幸。不幸之处在于,我失去他们时还很年轻,在照顾他们的同时也要努力建立自己的事业与生活。幸运之处在于,我照顾他们时还拥有年轻人的精力。我并不后悔。他们都是优秀的父母。他们去世时,我知道自己已经为他们竭尽所能。但这是有代价的。我没有配偶,没有孩子,现在即将步入60岁。"她补充道,"随着退休生活的到来,我在这个世界上将非常孤独。"

至于如何看待正在发生的事情,历史可以为我们提供一些视角。一百年前,大多数美国人都生活在多代同堂的大家庭中,大约三分之一的人居住在农场上。如今,大部分美国人生活在城市里较小的独立家庭单位中。文化也发生了转变。越来越多的妻子和女儿外出工作。孩子们长大后也要开辟自己的道路。当然,这些新的自由大有益处,但也有代价。随着美国人寿命的延长和慢性疾病的增多,他们将面临多年完全依赖他人的前景,而身边可以帮忙照顾他们的亲人越来越少。政府的支持基本上是不存在的①。

莎伦走后,我拨通了拿骚县老年办公室的热线电话,想了解一下有哪些资源可以帮助我母亲,却发现除非我们愿意掏钱,否则就得不到任何帮助。这种缺乏支持的情况适用于老年人护理的大多数方面。举个例子,痴呆症护理每年的总费用为 2000 亿美元,而医疗保险只能支付其中的 110 亿美元。这个缺口必须由家庭来弥补,每个家庭每年支付的金额高达 8 万美元——几乎是治疗癌症或心脏病费用的两倍②。长期护理保险可能有助于减轻负担,但大多数美国人都没有或负担不起这种保险。美国政府的做法与其他工业化国家形成了鲜明对比。例如,法国和瑞典在老年人社会服务方面的支出是老年人医疗保健方面的两倍。另一方面,在美国,全部医疗保险资金中只有 25% 会被用于 5% 的患者生命最后一年的紧急医疗需求,大部分钱都花在了住院病人生命的最后阶段。医疗保险的确能够涵盖一部分家庭服务,但只针对曾入院治疗的病人(而且只能覆盖很短一段时间,通常为几周)。像我母亲这种在如厕、洗澡或进食方面需要"看护"照顾的病人基本上只能依靠自己。临终关怀也

---

① 缺乏政府支持的情况已经开始改变。2015 年,也就是我父母迁往长岛那一年,纽约州州长安德鲁·库莫宣布了一项计划,将拨款 6750 万美元来帮忙缓解纽约州约 100 万名照料痴呆症父母的非正式护理人员的负担。这些资金可以用于咨询、教育、支持小组和 24 小时热线服务。它还可以以每小时 15 美元的价格用于补贴雇用朋友和邻居的费用,好让家庭成员偶尔卸下照顾的重担。他们可以借此机会去办事、与朋友见面,甚至只是打个盹。这项援助没有财务资格要求,因此没有资格参加医疗补助计划却还要雇用健康助理的人也能拥有一种帮助来源。包括北卡罗来纳州、北达科他州立、明尼苏达州和佛蒙特州在内的另外几个州也有类似的计划,但规模小得多。不过,大多数州都无法提供这种援助。

② 2018 年,美国痴呆症患者的人均终身护理成本接近 35 万美元,其中七成的费用是在家中接受护理服务,包括有偿助手和轮椅等耐用医疗设备的费用。在没有政府帮助的情况下,家庭必须承担大部分费用。

许是可行的,但只适用于病入膏肓的人;大多数上了年纪的美国人不属于这一群体。因此,和我的母亲一样,很多人仍旧处于一种中间状态:病情没有严重到可以接受政府资助的程度,但也没有好到可以独立生活。因此,除非家里负担得起雇用私人助理的费用,否则照顾老人的责任大多是由无薪护理员来承担的。

"只要我透露自己无法支付全额服务费,所有老年护理机构的人就都不想浪费时间和我通话了。"另一名护理人员在网上写道,"他们没有兴趣帮助我的母亲,因为她只有医疗保险和一小笔社会保障金。我理解他们的回应,也明白这些机构需要赚钱来支付员工、设施和保险的费用,但这样的醒悟让我非常不悦。在我看来,这个国家的老年人护理制度对那些体弱多病的老人和他们贫穷的家人来说既无情又残酷。"

这番话并没有让我感到惊讶,它反映了人们对这个国家以利润为导向的医疗体系普遍感到失望。执业多年,我对这个体系了如指掌。如今,我的父母也陷入了这样的体系中。

幸运的是,我父母尚有存款可以支付我母亲的医疗费用。由于父亲在农业部工作,能够领取政府养老金,他们俩都可以享受社会保障福利。但是,我和兄弟姐妹是否应该努力保护这些资产呢?我们是否应该把它们转移到信托基金中,好让父母可以获得包含看护和养老院护理在内的医疗补助的资格?更紧迫的问题是,生前遗嘱怎么办?医疗代理人呢?还有授权书?要不要咨询养老律师?这些只是我们在 2014 年的夏天开始努力解决的一部分问题。

尽管父母的独立生活要求我们不断在经济和情感方面做出承诺,但也有一些时刻会提醒我们,一切都是值得的。一天下午,我在车里给父亲打电话,说我晚些时候要去他家给母亲的药箱装药。我们的聊天结束后,他忘了挂断电话。我听到他打开了电视,里面正在播放一首流行的印度电影歌曲。

"你愿意和我一起听听音乐吗?"他问我母亲,却没有得到回答。"来吧,握住我的手。"他说。

"没有人需要我。"我听见母亲说。

"我需要。"父亲说,"孩子们需要。来,握住我的手,和我一起跳跳舞。"

2

那你什么时候把皮娅带来

那是我的父母在长岛度过的第一个冬天。拜访完戈登医生几周后的一天,我和父亲出门去散步。那天阳光灿烂,照得道路两边的白色冰迹上都泛着荧光。那年的雪来得很早,已经在人行道上化成了灰蒙蒙的蜂窝状。车道上的汽车都蒙上了一层霜。路面上的盐粒在我们脚下噼啪作响。

"你在这里绊倒过,还记得吗?"我指着人行道上某个凸起的地方说。

父亲点点头。他仍然是一个英俊的男人,留着精心修剪的花白八字胡,看上去比实际年龄小20岁。那天下午,他在飞行员夹克里套了一件红色的毛衣,头上戴着一顶带耳罩的绿色帽子。"我当时正在跑步。"他回忆起被绊倒的那个短暂瞬间(其实他一直在走路),"天很黑。"所幸他并没有受伤。

"天黑以后你就不要出门了。"我告诫他,"我以前告诉过你。"

"我应该和皮娅一起走。"他笑着说,"你什么时候带她过来?"

"我上周末才带她来过。"

"没有。"他喊道。

"我带她来过了。"

"哦,那你应该多带她来。她是个可爱的孩子。"

我表示我会的,却不忍心告诉他,他心爱的孙女几乎不想再来看他了。他停下脚步,用手指捏住鼻子擤了擤,在湿漉漉的雪地上留下了一串鼻涕。他说:"走吧,我们回去吧。"我们才走了大约一个街区的距离。

"你不想再走一段吗?"

"不想。我累了。"他转过身说,然后像是被按下了倒带键,"那你什么时候带皮娅过来?"

正如我们散步途中的对话所揭示的那样,父亲在那个冬天最严重的症状是短期记忆丧失。但这也让我开始思考,记忆到底是什么?它是如何在大脑中编码的,又是什么导致了痴呆症的恶化?

对我来说,这些不仅仅是学术问题。作为一名医生,同时也是我父亲的儿子,我觉得自己有必要通过深入研究大脑退化的科学来探索这些问题。我希望更深入地了解父亲的病情,这将帮助我理解他正在经历的事情,以及我们作为一个家庭在未来几个月、几年中可能要面对的事情。与此同时,我相信,面对他的失忆,将有益于我应对所爱之人变成了另一种人时在情感和实际中会遇到的困境。我将进行广泛的调查,研究是什么造就了我们、如何尊重父亲对自身未来的期待等深刻问题,以及药物效用、新型疗法和护理策略之类的具体问题。我相信，知识不仅能带给我洞察力，还能让我对情况建立更深刻的认识，同时赋予我同理心（尽管事情并非总是能按计划进行）。在接下来的几年中，当父亲的行为看起来随意、不可理解、毫无目的或毫无计划时，将是我作为监护人最沮丧的时刻。因此，弄清楚父亲病情的科学和历史不仅有助于我了解他的需求，也能让我更好地照顾自己。

那年冬天，我读到的第一篇有关失忆的描述讲的是一个人失去了形成记忆的能力的传奇案例。几年来，为了理解父亲的大脑在想些什么，以及他和我们接下来会发生什么，我会反复地看这则故事。

亨利·莫莱森出生在康涅狄格州的曼斯菲尔德——哈特福德以东约10英里的一个小镇。在他于2008年去世之前，出于隐私考虑，他在科学文献中一直被称为H.M。作为电工和家庭主妇的独子，他的童年平平无奇，直到10岁时他开始遭受癫痫的折磨。他是在一次自行车事故后发病的（但人们认为，事故并不是癫痫发作的原因）。刚开始时，症状轻微。莫莱森会张开嘴巴，闭上眼睛，有时抓挠胳膊，或者像在做白日梦一样摇摆，直到他醒来，摇着头说"我必须摆脱这一切"。到了15岁那年，他的病情越发严重，出现咬舌头、小便失禁的症状，最严重时还会丧失意识。

莫莱森生性害羞，不善交际、独来独往，由于身体虚弱，性格更显孤僻。高中辍学后，他一直和父母同住（他最终在21岁时考取了文凭）。虽然他的智商高于平均水平，却很难找到一份稳定的工作。有一段时间，他在哈特福德的安德伍德打字机厂修理电动机。一直以来，尽管服用了大剂量的抗癫痫药物，他的癫痫发作却越来越频繁。20岁出头时，他每天要发作10次左右。

亨利·莫莱森

（摘自 suzannecorkin.com）

1943年，他17岁那年，家庭医生推荐他去哈特福德医院找威廉·斯科维尔医生看诊。斯科维尔是一名神经外科医生，擅长脑白质切除术。多年来，他为30名精神分裂症患者切除了不同占比的颞叶，以减轻他们的精神病症，只不过收效甚微。由于癫痫发作有时起源于颞叶（虽然当时的脑电波研究表明，莫莱森并不属于这种情况），斯科维尔考虑对他的这名青少年病人进行颞叶切除术。然而，因为莫莱森太年轻，而且针对癫痫发作原因的研究尚无定论，所以斯科维尔决定为他进行更多的药物治疗，并监测他的反应。十年来，斯科维尔试图用最高可耐受剂量的抗惊厥药狄兰汀、镇痫剂三甲双酮和巴比妥盐酸苯巴比妥来控制莫莱森的癫痫发作，但都无济于事。最后，在没有其他办法的情况下，斯科维尔提出了他最初考虑过的手术：通过脑叶切断术切除几个重要的结构，包括调节嗅觉的嗅叶、控制情绪的杏仁核以及功能在当时尚未被正确认知的海马体。斯科维尔后来写道："这项试验性手术被认为是合理的，因为病人已经完全丧失了行为能力。"当时 27 岁的莫莱森精疲力竭，急需解脱，于是他和父母同意接受手术。

威廉·斯科维尔
（美国国家医学图书馆供图）

1953 年 8 月 25 日，也就是乔纳斯·索尔克博士首次宣布研制出脊髓灰质炎疫苗几个月后，斯科维尔在莫莱森的头骨上钻了两个 50 美分硬币大小、间距约 5 英寸①的洞，位置就在眼眶上方。为了避免损伤大血管，他小心翼翼地从莫莱森的颞叶内侧各吸出一小杯组织，包括双侧的大部分杏仁核、海马体和两侧的前颞叶皮层。

手术后，莫莱森的癫痫发作确实减轻了（但余生还是无法摆脱轻度的癫痫发作）。不过他现在有了更为严重的问题：无论

---

① 1 英寸为 2.54 厘米。——编者注

被介绍过多少次,他都无法记住医院里照顾他的人是谁;不管别人告诉他多少次洗手间在哪里,他还是会迷路。和我的父亲一样,日常琐事几乎一发生就会从他的脑海中消失。他会一遍又一遍地讲述同一个故事,却不知道自己已经讲过了。他会反复阅读同一本杂志,却不知道自己已经看过了。斯科维尔和他的同事、神经心理学家布兰达米·尔纳在一篇描述这一不寻常病例的论文中写道:"他似乎不记得住院期间的日常生活。"

莫莱森的工作记忆还不错。工作记忆是短期记忆的一种形式,它会筛选我们的感觉与感知,保留当下对我们最有用的记忆。工作记忆的持续时间很短,正常的成年人平均约为15~20秒。因此,我们的大脑能够暂时储存和管理执行日常任务所需的信息[1]。事实上,莫莱森能在信息呈现后的半分钟左右记住其内容(如果积极地重复练习,记忆时间会更长),因此不会在交谈或用餐时忘记自己在做什么。一旦任务完成,他的记忆就会像涂鸦画板上的画一样被抹去,再也想不起来。这种情况被称为"顺行性遗忘症"[2]。

---

[1] 工作记忆会在童年时期逐渐增强,在早期成年期达到顶峰,在老年时期再次下降。正常的工作记忆的容量为5~9个项目——心理学家乔治·米勒在1956年《心理学评论》发表的一篇颇有影响力的论文中称之为"神奇的数字7±2"。除非得到积极的重复,否则信息量会衰减。举例而言,如果你听到一个新的电话号码,可能可以在短时间内将它记住——如果它很重要,可能最终会转化为长期记忆——更常见的情况是只要稍加不注意,它就会被遗忘。

[2] 在克里斯托弗·诺兰的电影《记忆碎片》中,主角莱尼就是以亨利·莫莱森为原型。他保留了长期记忆,比如他的妻子被人谋杀的事实,却会很快忘记新的人和新的经历。于是他开始记笔记。由于记不住纸条放在哪里,他开始将信息文在身上。由于无法判断任何人告诉他的事情真实性,他很容易受到操纵和欺骗。可悲的是,他连自己知道的事情真假都无法判断。电影结尾,他丢弃了能够告诉他谁杀了他妻子的纸条,以便继续永无休止地寻找凶手,因为只有这件事情可以赋予他的生命目的与意义。

出人意料的是，莫莱森的其他大部分认知功能都完好无损，智力和语言能力仍然高于平均水平，已有的记忆也基本得以保存。他仍然记得和父母一起度假、十几岁时做过的工作、和父亲一起去打靶以及童年的其他事情。但和许多痴呆症患者一样，他无法形成新的长期记忆。新的经历会像沙粒一样，从他的指缝溜走，再也触碰不到。没有了新的记忆，他永远活在当下，与过去（或者至少是手术后的过去）和未来脱节。他表示，这种感觉"就像是从梦中醒来，每一天都是孤独的"。

米尔纳和斯科维尔展开了一项深入研究，以调查莫莱森的脑部手术和记忆缺失之间的联系。米尔纳曾在蒙特利尔的麦吉尔大学接受过加拿大著名心理学家唐纳德·赫布的培训。1957年，他们在《神经病学、神经外科和精神病学杂志》上发表了一篇具有里程碑意义的论文，题为《双侧海马体病变后的近期记忆缺失》，第一次报告了患者"惊人的、完全出乎意料的"记忆缺失。尽管心理学家和哲学家们长期以来一直认为记忆功能广泛分布在大脑各处，但斯科维尔和米尔纳的研究结果表明，事实并非如此。研究人员将他们对莫莱森的观察结果与九名接受过类似手术的精神病患者的数据相关联，发现记忆缺失的程度与切除内侧颞叶的体积成正比。这表明，内侧颞叶中的一个结构"与当前经历的保留密切相关"。经过详细研究，他们得出结论，这种结构是海马状的海马体（以及邻近的海马旁回）。此外，由于莫莱森保留了术前的记忆，他们推断海马体不是长期记忆的最终存储地点——该地点位于斯科维尔的手术刀没有触碰到的大脑部位。

米尔纳和另一位神经心理学家、麻省理工学院的苏珊娜·科金对莫莱森进行了数十年的研究。（虽然长期保持联系，但每次莫莱森拜访他们时，都表现得仿佛第一次见到他们一样。）研究人员了解到，病人的记忆缺失仅限于新的个人经历（比如他那天是否吃过午餐）和有关世界的新事实（比如现任总统的名字）。如今的认知心理学家将这类记忆称为显性记忆或陈述性记忆（因为人们可以谈论记忆的内容）。

不过，显性记忆只是长期记忆的一种。关于做事的方法，我们还拥有隐性记忆（"肌肉记忆"）。1945年，哲学家吉尔伯特·赖尔在伦敦亚里士多德学会发表的一篇著名演讲中对"知道"（例如，知道钢琴是一种有键的乐器）和"知道如何"（演奏奏鸣曲）进行了区分。"知道"针对的是某一特定事物的显性记忆；"知道如何"则是无意识的程序性知识，不一定能被明确地表达出来（因此被称为隐性记忆或程序性记忆）。例如，你可能知道如何骑自行车，但你无法描述在两个移动的车轮上保持平衡所需的每一个单独的动作。

"知识的进步不仅在于发现真理的积累，"赖尔写道，"而且主要在于方法的累积掌握。"换言之，显性记忆（陈述性记忆）和隐性记忆（程序性记忆）是截然不同的。那么，它们是否也会在大脑的不同部位处理信息呢？

事实上，米尔纳曾在1962年发现，虽然这位名声显赫的病人无法形成新的陈述性记忆，但他仍然可以学习新的运动技能。在一项关键研究中，她训练他完成了一项复杂的程序性任务：一边看着自己的手和镜子里的星星，一边画出一颗五角星的轮廓。这是一项任何人都会感到困难的任务。莫莱森一开始也很吃力。不过，虽然他无法明确记得自己以前做过这件事情，但随着练习的深入，他可以做得越来越好。"这太奇怪了。"他说，"我原以为会很难，但看起来我做得很好。"因此，莫莱森虽然患有严重的健忘症,但他的程序性记忆似乎基本完好无损。

其他类型的隐性记忆也没有受损。例如,他先是被要求讨论单词"episode"的含义,然后在几分钟后的单词补全任务中,他比较有可能用词干"epi"来填充"episode",而不是"epic"或"epilepsy"。即使他对之前的对话没有任何有意识的记忆,这种情况也会发生。这种创造记忆的方式被称为"启动效应",调动的是莫莱森大脑中保持完好的皮层区域。

正如斯科维尔和米尔纳在那篇具有里程碑意义的论文中指出的那样,我们现在知道,显性长期记忆是由海马体及其相关结构形成的。这种解剖学上的关联至关重要,因为海马体通常是阿尔茨海默病中第一个受损的结构。这就是为什么像我父亲这样的患者经常记不起最近发生的事情,比如午餐吃了什么,却可能还保留有童年或成年时期早期的记忆。

另一方面,隐性长期记忆是由不同的大脑结构提供服务的。例如,程序性记忆依赖于小脑和基底神经节,这两部分会因帕金森症受损,但在阿尔茨海默病中直到晚期才会受损。这可能就是我的母亲为什么能够记住她买了一件衣服,却不记得该怎么穿(我的父亲则相反)。后来我了解到,晚期的阿尔茨海默病患者往往也可以参加一些依赖具体化程序性记忆的活动,比如散步、跳舞或唱歌。他们甚至有可能记得如何弹钢琴或骑自行车。在这些患者中,知道如何做某事情的能力比知道这件事情本身的能力持续得更久。

由于特殊的记忆缺失,莫莱森术后的生活十分艰难。他失去了打字机厂的工作,最终在哈特福德附近的一个工作中心找到了一份差事,从事一些简单的任务,比如把气球装进小袋子里(但他永远记不住到底应该装多少只气球)。他很难交到朋友,因为他很快就会忘记自己遇到的任何人。在家里,他会忘记某个家庭成员已经去世,每次被提醒时都会感到震惊和悲伤。(他只好随身携带一张纸,提醒自己父亲已经去世。)每眨一下眼睛,他此刻的生活似乎就会被抹除得一干二净,再也不会出现。1992年,一位研究人员问他:"记忆缺失的问题困扰你多久了?""我没法告诉你,"莫莱森回答,"因为我记不得了。"

到了晚年,莫莱森才逐渐获得零星奇怪的新知识,例如识别某些人物——比方说肯尼迪总统或雷·查尔斯。这些人都是在他手术后成名的,可能是因为他会在喜欢阅读的周刊杂志上反复看到他们。随着年龄的增长,他保留了童年记忆的要点,却没有留下能够赋予这些记忆生命的生动细节。这表明,我们还可以从他的案例中得到另一个重要的见解:海马体可能不仅对编码不可或缺,对个体记忆的检索与维系也十分重要。

莫莱森是个和蔼可亲的人,余生中一直在接受记忆测试,从不厌倦,因为这件事情对他来说永远是新鲜的。"这很有意思。"他曾对麻省理工学院的一位科学家说,"活到老,学到老。我在活着,你在学习。"

2008年,莫莱森在康涅狄格州一家长期护理机构中因呼吸衰竭去世,享年82岁。他的大脑被固定、冷冻,切成了2000多片。照片显示,除了海马体及其周围结构原来所在的地方存在5厘米的空隙之外,大脑的整体形状相对正常。

手术给外科医生斯科维尔带来了沉重的压力。他对手术的结果感到遗憾,并在1974年的一次演讲中哀叹这场手术是一个"悲剧性的错误"。尽管如此,斯科维尔的错误对于神经科学来说是一份礼物,为人类记忆的本质和丧失提供了前所未有的见解。它表明,人类(大概还有其他灵长类动物)拥有多重记忆系统，并证实了短期记忆和长期记忆是截然不同的，正如著名心理学家威廉·詹姆斯于 1890 年提出的那样。它证明了内侧颞叶——特别是海马体——对于显性长期记忆的编码至关重要，但这些记忆形成后会留存在大脑的其他部位。最重要的是，它表明语言和智力是不同于记忆的大脑功能。一个没有记忆的人仍然可以是聪明的。虽然记忆遭到了破坏，但莫莱森仍然保持着高于平均水平的智力，直到晚年患上了痴呆症。

3

那我就打辆出租车

父亲一直吵着要我们帮他为长岛某大学的贫困学生设立奖学金。拉吉夫和我最终选择了亨普斯特德镇的霍夫斯特拉大学。我在那里的医学院教授一年级的心脏病学课程。在我父母搬来这里的几个月后，我们创建了普雷姆博士与拉杰·乔哈夫人奖学金，用于嘉奖学业成绩优异的贫困学生。大学推荐将该奖项的条件设为不设限，但我父亲坚称它的宗旨声明中必须明确指出"优先考虑能够促进大学多样性的学生"。在他退休前几个月的法戈告别午宴上，父亲因为在北达科他州为"学业优秀但经济拮据"的外国学生设立了类似的奖学金受到了认可。作为惊喜礼物，校长送给我父亲一块大学的纪念匾，并宣布学校新建的多元化与平等中心将以我父母的名字命名。后来，在大部分家庭成员都在场的情况下，父亲向一百多名来宾发表了讲话。"我亲身体会过贫穷与饥饿意味着什么，也知道缺少书本意味着什么。"他对坐在白色桌布前啜饮葡萄酒的人们讲道，"这就是我设立这些奖学金的原因。我现在生命中唯一的目标就是帮助穷人和有需要的人。如果我能帮助一个饥饿的孩子或寡妇,那将是我的财产最佳的用途。我的人生准则一直都是:'朝着目标前进;是否达到目标并不重要。成功是一段旅程,而不是终点。'"

他回忆称,自己早年的生活充满艰辛。1947年印巴分治期间,趁着4月里的一个雨天,8岁的他跟着包括六个兄弟姐妹在内的大家庭从现在的巴基斯坦逃了出来。他们乘坐牛车沿着满是车辙的道路前行,想方设法避开了分治造成的宗派暴力行径,在废弃的火车站里过夜,周围遍布遭到践踏的行李和宗教大屠杀留下的新鲜尸体。他们设法离开了那个国家,但在霍乱和痢疾肆虐的边境营地里,数月的肮脏生活夺去了父亲的祖母和他最小的弟弟的生命。一家八口最终在新德里东南300英里(约482.8千米)处的坎普尔安定下来,住进了一套没有电和自来水的一居室公寓。由于没钱购买学习用品,父亲只好在路灯下用借来的书本做作业。因为家里买不起自行车,他每天早上都要步行近4英里(约6.4千米)的路程去上学。为了支付他的大学学费(和贿赂),祖母不得不卖掉自己的珠宝。于是,他成了家里第一个接受过高等教育的人。考上大学23年后,他以"能力超群的科学家"身份移民到了美国。

在霍夫斯特拉大学设立奖学金几个月后,父亲受邀参加了学校为感谢他和其他捐助者举办的午宴。为了陪伴他,我推迟了那天在医学院的授课。当然,我为他的慷慨和奉献感到骄傲,因为他将自己的积蓄投入了推动少数族裔学生接受高等教育的事业中。但我不敢让他一个人驾车15分钟,更不用说独自参加两小时的午宴了。

约好的那一天，我一早就把车子停在了父亲家的车道上。外面狂风大作。他穿着一套利落的三粒纽扣灰色西装，可能是他在国际会议上做全会发言时会穿的那种衣服。就在他坐进我的车里时，一片黑云遮天蔽日地压了下来。雨点落在风挡玻璃上，预示着一场大雨将至。我们在车里静静地坐了几分钟，看着雨点敲打玻璃，阴沉的天空咆哮着释放它的张力。

短暂的暴风雨过后，我把车子倒出车道，缓缓地驶上被水淹没的街道。"用两只手握方向盘。"车子在坑坑洼洼的路上碾过水坑时，父亲吩咐道。我们穿过一条布满涂鸦的隧道，开上了主干道。虽然他在希克斯维尔定居好几个月了，但我发现我们从来没有一起开车穿过小镇。那天早上，我们看到了这座城镇多元化的辉煌景象。希克斯维尔既有熙熙攘攘的印度寺庙和小饭馆，也有一些外墙开裂的建筑摇摇欲坠地矗立在废弃的土地上。南亚移民是当地萧条经济的中流砥柱。他们不仅带来了投资资金，也带来了印度半岛侨民特有的创业精神。

开车经过帕特尔兄弟市场时，我不禁想起，在1977年移民美国后的最初几年里，我们的角色和现在正好相反——每个周六，父母都会把我们塞进他们在肯塔基州列克星敦购买的老福特马弗里克汽车，带我们去克罗格或 MRS 食品城采购杂货。白色的荧光灯在新鲜的烤鸡香气中嗡嗡作响。我和拉吉夫推着生锈的金属车在过道里跑来跑去——美国，富饶的土地！——抓起一盒盒冷冻比萨和预制快餐，气得可怜的母亲颇为恼火。美国的农产品充满了异国情调，与新德里水泥公寓后巷里那些消瘦的男人用肌肉发达的腿蹬着自行车叫卖的番石榴和人心果①截然不同。在超市里，我父母偶尔看到一个印度家庭，便会停

---

① 原文为 Chikoo frnit，一种原产于墨西哥的热带水果。——编者注

下来和他们打招呼。一周后，我往往会看到他们在我家吃晚饭，并开始称呼他们"阿姨"和"叔叔"。

我们之所以能够移民美国，受益于美国放宽对科学家和学者的移民政策。虽然我大部分时间是在英国长大的，但在移民前一年也在印度待过。我们在新德里的公寓坐落在一条尘土飞扬的土路上，随处可见农场动物在粪便的气味和柴油废气中游荡。当时我只有7岁，但仍旧记得四年相对奢侈的英国生活过后，家里的经济条件变得十分艰苦。我只能用水桶和水杯洗澡。为了能让我洗得暖和，母亲会用煤油炉为我烧水。我们睡在挂着蚊帐的绳床上。厕所就是水泥地上的一个坑。每隔几天，妈妈就会派我去一家乳制品小店购买新鲜的水牛奶。店主裹着一条从没洗过的白色腰布，嚼着槟榔叶，把牛奶倒进我的铁桶里，还会朝泥地上的一箱箱芬达吐棕色的唾沫。我紧张地把妈妈交给我的一沓钞票交到他的手上，然后跑回家，手里的奶桶剧烈地摇晃，温热的牛奶也随之晃动。回到公寓后，母亲点上炉子，把牛奶煮开消毒，就像她为我们烧洗澡和饮用的水一样。

上学的日子里，我和父亲天一亮就得离开家。敞开的排水沟里飘散出刺鼻的污水臭味。当我们穿过拥挤的道路，试图避开牛车和四处游荡的白色奶牛时，他会紧紧攥住我的手指，捏得我生疼。在拥挤的公交车站，或者中途经过公园时，他会强迫我吃下一根熟透了的香蕉。坐上公共汽车，我把午餐盒放在金属座位上，看着车水马龙的街道——按响喇叭的三轮车，穿着丝绸纱丽侧坐在小菲亚特摩托车上的女子——祈祷能在下一站再次见到父亲。

对我们所有人来说，那一年的生活充满了艰辛，但也许对父亲而言最为艰难。"我回去是因为我爱国。"他曾经对我说，

"我想为我的国家服务,为绿色革命服务。"他相信那场革命的原则。它使20世纪60年代的印度植物遗传学家和育种家真正成了家喻户晓的名人。他在饱受饥荒的国家长大,在职业生涯中致力于农作物的基因改造,尤其是小麦和小米的基因改造,使它们更耐寒、更抗疥癣病,并且可以出产更多的粮食来供养印度的穷人。这项有条不紊、一丝不苟的工作很符合他的性格和他对微观细节的偏爱,同时也为他关怀社会的追求提供了出路。他经常引用乔纳森·斯威夫特《格列佛游记》里的国王说过的一句话:"谁能在一块以前只能种一株玉米的土地上种出两株玉米或两片草叶,那么他比所有政治家加在一起为国家做出的贡献还要多,应该得到人类更大的尊重。"如果不是绿色革命,这些话可以被当作他研究工作的使命宣言。

父亲本来更愿意留在印度,继续培育高产谷物的工作,同时推动印度半岛农业科学的进步。就在我们于1975年9月回国前不久,印度总理英迪拉·甘地宣布国家进入"紧急状态",暂停实施宪法,解散了反对党,围捕政治家和学者,并将他们投入了监狱。推动科学研究的资源和国家意志几乎在一夜之间消失殆尽。"这是这个国家的问题。"我记得他对泪流满面的母亲说,"不是我的错。"为了实现他的科学抱负,我们不得不离开。

那时,美国大使馆位于新德里一片宽敞开阔、绿树成荫的地区,四周围绕着水泥块,还圈着铁丝网。那年秋天的某个早晨,我们去申请移民签证。一名职员坐在旧桌子前,桌上放着一台打字机和各式各样的文件。他告诉父亲,当天已经没有更多的预约名额了。"那我们就等着吧。"父亲说。几小时后,一位大使馆高级官员把他带到后面,告诉他,由于移民限制,他只能为两个孩子申请签证。她建议:"你必须留下你的女儿。"

于是父亲只申请了四张签证,想着以后再为未满3岁的妹妹申请豁免可能会容易一些。这一着儿奏效了。最终,一位富有同情心的移民官员认同我的父母不应该把女婴留在这里。

于是,1976年10月,父亲加入了印度的"人才外流"大军,以"卓越科学家"的身份移民到了美国。(在父亲找到工作之前,家里的其他人在伦敦的亲戚家借住了三个月。)这个过程本来要花费四年的时间,但他、我的母亲、哥哥和我(妹妹的文件稍后才来)只用了六星期就获得了批准。

作为美国的外来移民,我的父母和所有移民一样,生活得十分谨慎,知道自己随时都有可能遇到问题。与此同时,正是乐观的心态——也许是最真实的那种感觉——让他们背井离乡,在没有任何成功保障的前提下迁居到一个陌生的国度生活。想到父亲带着妻子和三个年幼的孩子,在没有钱、没有工作、没有收入来源的情况下漂洋过海,我至今仍会感到震惊。一个如此大胆冒险的人却无法妥善安排自己的最后一次搬家,也让人为他感到悲哀。

奖学金午宴在霍夫斯特拉学生中心一个拥有高挑天花板的宽敞礼堂中举行,离我父亲的家大约八英里的距离。看到我们到来,面带微笑、衣着得体的发展办公室代表们赶紧迎了上来。白色的桌布上已经摆好了一盘盘沙拉和鲑鱼,还有一筐筐面包卷、几壶冰水和几瓶苏打水。我们的身旁坐着一位看起来颇有身份的老妇人。她戴着昂贵的珠宝,头发染成了金色,还带来了她的孙女。父亲看到那个不到十岁的漂亮女孩,面露喜色。他掏出钱包,拿出一张一美元的钞票,递给了孩子。"给你,小姐。"他轻微颤抖着向她伸出手。女孩僵硬地靠向了祖母。"这不行,爸爸。"我温柔地用胳膊搂住他,却被他挣脱了。他的手依旧伸着。老妇人笑了笑,礼貌地接受了这份礼物。"她很漂亮,和她的妈妈一样。"父亲说。

"哦,那只是表观遗传。"女人笑着答道。

我们吃了午餐——或者更确切地说,是父亲吃了午餐;我静静地注视着他,迫不及待地等待仪式开始。"吃点儿东西。"他催促我,把一盘沙拉推到我的面前,但我把它放在了一旁;我不饿。"你疯了。"他咕哝着,嘴里嚼着一口山羊奶酪和菠菜,"多好吃的东西啊。"

吃完第一道菜,父亲主动把我介绍给同桌的其他客人。"这是我儿子。"他宣称,"他是心脏科主任(我并不是)。他从小就是个拔尖的孩子。"人们礼貌的微笑让我畏缩。

"来,爸爸。"我拿起一瓶可口可乐,"我给你倒点儿饮料喝。"

其实我并不是真的感到尴尬。我当时的表情更像是在寻求大家的理解。我想表达的是,我的父亲已经不是他了,这不是我的错。我之所以叛逆地翻着白眼,是想引起他人的同情——同情我,而不是他——并表明我不赞成他所说、所做的任何事情,因此也无法为此负责。

回想起那段时间的反应,我意识到,那些反应在很大程度上是出于恐惧。在父亲所有的子女中,我和他是最亲近的,也许是因为我俩最像。我们有着相同的身体特征:皮肤黝黑(对旁遮普人而言)、身材瘦削、手脚粗大。我们有着相似的抱负,比如都渴望得到公众的认可,都有写书的动力。我们也有许多相同的性格特征:投入和坚持,但又自以为是、郁郁寡欢,还有某种程度的不安全感和固执。和父亲一样,我坚信基因和遗传在决定人类命运方面的重要性。作为这种基本原理的信徒,我忍不住担心他的经历也会发生在我的身上。

自从第一次去找戈登医生看诊之后,我就一直在阅读有关基因在痴呆症中的作用的文章。早发性阿尔茨海默病通常发生在55岁之前,主要是一种遗传性疾病,但更典型的迟发性痴呆症——比如我父亲的病症——也存在遗传性风险因素。载脂蛋白E(ApoE)基因的ε_4等位基因会影响胆固醇在大脑内的转运,在一半以上的迟发性阿尔茨海默病患者大脑内均有发现,其概率是普通人群的两倍多。如果该基因有一个拷贝,患阿尔茨海默病的风险就将增加三倍。如果有两个拷贝,风险将增加八倍。进一步的研究发现,控制大多数脑部免疫系统活动的另外几个基因也与阿尔茨海默病的发展有关。

但遗传学并不能说明一切。据我了解,阿尔茨海默病是一种非常复杂的病症,血管损伤、组织炎症以及可能随年龄增长而累积的毒素或其他损伤也会起作用。这些观察结果之所以会被混淆,是因为人类的脑细胞数量其实并非一开始就是相同的,脑细胞数量越多,认知储备就越多。更复杂的是,教育和社会关系也能改善认知储备以及大脑在面对细胞损伤时的功能。所以,痴呆症最终也许只是一个数学问题,也就是说,有多少神经元能够抵抗遗传和环境的伤害存活下来,又有多少神经元会死亡。

宴会接近尾声时,大学校长、法学教授上台讲了几句话。在一面美国国旗下,他谈到了扩大高等教育机会的使命,并感谢捐助者的慷慨捐助。随后,他的助理逐一邀请捐助者上台,以便校长能够当面对他们表示感谢。听到父亲的名字时,我的心就像被手提钻钻到了一样。我领着他迅速穿过礼堂,将他的手指紧紧地攥在我汗津津的掌心里。我们在迷宫般的桌子间穿行。看到他在讲台前放慢脚步、对大家的掌声表示感谢,我赶紧把他往前拽了拽，生怕他想说些什么。

站上领奖台，父亲和校长握了握手，优雅地接过一块刻有他名字的牌匾。我把手搭在他的肩膀上，把他带回到我们的桌子，一路上都在向感激地点头的工作人员和其他资助者致意。坐下后，我如释重负。我一直非常担心父亲会如何应对整件事情。幸运的是，它已经过去了，没有发生什么重大事故。

后来，随着他那一部分的仪式结束，父亲决定是时候离场了。时间已经接近两点，他想回家睡个午觉。

"我们再过几分钟就走。"我低声说，"等他们说完吧。"

"我累了，桑迪普。"听到另一个人的名字被点到，他大声说了一句，"我没想过要待这么久。"

"求你了，爸爸。"我压低声音，"如果我们现在起身，观感不太好。再过几分钟，等一切结束了我们就走。"

他想了想。此时此刻，已经有人斜眼瞟向了我们。"那我就打辆出租车。"说罢，他就想站起来。

我拽了拽他夹克的袖子。"求你了，爸爸。"我咬紧牙关小声劝他，"我在这里工作。再等几分钟就好了。"说到这里，我的心中充满了对他的蔑视，于是开口说道："你去哪里打出租车？你连自己在哪儿都不知道。"

他盯着我看了看，也许是在考虑我刚才说的话，也许是因为觉得非常丢脸。我也不确定。然后他坐了下来，意识到自己的计划并不可行。

随着仪式的继续，我茫然地望着房间的另一头，因为自己竟然用如此生硬的口吻和父亲讲话（而且是在公开场合）而浑身发抖。我注意到，讲台后面的栏杆上系着一排氦气铝膜气球。一个短暂的记忆片段开始在我脑海中闪现。那年我7岁。父亲急匆匆地冲进我们新德里公寓的前门,手里拽着一只氦气球。还没等他坐下,我就一把抓起气球,跑到公寓楼前,把它放了。我惊慌失措地扑向它,但它很快就飞到了我够不着的地方。父亲伸出长长的手臂,在丝带飘走之前把它从空中拽下来,递还到我的手中。

电影般的画面闪烁时,我听到他又说了一遍:"走吧,桑迪普,我累了。"没有回忆,也没有怨恨:涂鸦画板已经被擦得一干二净。我再次试图和他商量,并且确实设法让他多坐了几分钟,但是那天下午,我实在是无法拒绝他。"走吧,爸爸。"我终于站了起来,尽量避开坐在身旁那位贵族老妇人同情的目光,"我们回家吧。"然后和他从侧门离开了会场。

回家的路上,我们谁也没有和彼此说话。当我把车子开上他家的车道时,太阳再度闪耀起来。小小的雨坑里反射着晴朗的蓝天。

"谢谢你能来,小桑。"他边说边打开车门。我看得出,他知道我还在生气。

"不客气,爸爸。"我嘟囔了一句,一心只想离开。

"不,这很重要。"他回答,"我很高兴你能陪我。你是个好儿子。"

我感觉一阵暖意涌上心头。尽管我们分开了许多年,但他亲切的话语还是让我感觉良好。"我明天再来。"我说。

"什么时候?"

"我不知道。下班后吧。也许我们可以去喝杯咖啡。"

他穿着灰色的西装迈下车,和以前一样,完全是一副学者的模样。"我不喜欢喝咖啡。"他说道,但在关上车门之前补了一句,"但是我喜欢见到你。"

4

你会名垂青史

"你",你的快乐与悲哀,你的回忆与抱负,
你的个人认同感和自由意志,
实际上只不过是大量神经细胞与其缔合分子的生理反应。
——弗朗西斯·克里克,
《惊人的假说:对灵魂的科学探索》,1994年

25年前,我还在医学院读书时,曾经触碰过一个死于晚期痴呆症的老人保存完好的大脑。这个重约3磅[①]、呈米黄色的不起眼的器官结构体曾经保存着那个人的注意力、语言和记忆——事实上,它几乎承载了他独特的人类特征的一切因素。我用指尖轻轻摸了摸小脑,那是隐藏在大脑半球下方的一块灌木状结构体,负责平衡与协调。他们深入探查了大脑皮层。皮层上有无数个相互折叠的"脑回",从而扩大了它的表面积(增

---

① 1磅约为0.45千克。——编者注

加了处理能力）。由于使用了化学物质来保存，这个器官拥有类似煮熟后的肝脏那种坚硬的橡胶状黏稠度，和它曾经在那个人头骨里时的布丁状质感截然不同。在显微镜下观察其组织切片，无疑可以看出阿尔茨海默病的特征变化。

这个大脑被切成了厚约一厘米的薄片，像杯垫一样堆叠在一起。我拿起一片用福尔马林涂抹过的切片。从横截面来看，白色和灰色的图案清晰可见。灰质主要由神经元体组成，白质则由髓磷脂（一种绝缘层脂质）包裹的神经纤维束组成。不过，这些复杂的图案并不能向我展示它们曾经拥有的神奇功能。如果你观察计算机内部的微芯片和线路，是看不出它有什么卓越功能的。人类的大脑也是如此。这个人的大部分情感生活（心脏和肠道可能也会在情绪调节中发挥作用），当然还有他所有的记忆与认知，都来自我面前这个钢盘中的液体里泡着的切片和四分体结构。

人类的大脑是模块化的。就像大公司会建立区域性工厂，以最大限度降低运输成本，大脑也进化出了一系列专门的单元，以服务于不同的功能，比如视觉、语言、空间推理，当然还有记忆。

在这个大脑内侧颞叶的一个弯曲脊状组织中，有一个海马体。它由几个细胞层折叠在一起组成，状似肉桂卷。这个海马体萎缩了——至少别人是这样告诉我们的，而我没有见过正常的海马体，所以无法自行判断。神经科学家从亨利·莫莱森身上了解到，海马体及其周边结构会负责长期记忆的编码。在阿尔茨海默病的早期阶段，这些结构的损伤解释了顺行性遗忘症——无法形成新记忆的情况——是这种疾病的一个特征（父亲现在就表现出了这种症状）。海马体中主要的信号化学物质被称为乙酰胆碱，这就是为什么安理申这样的促乙酰胆碱药物可以被用来治疗阿尔茨海默病患者的记忆衰退（虽然效果有限）。

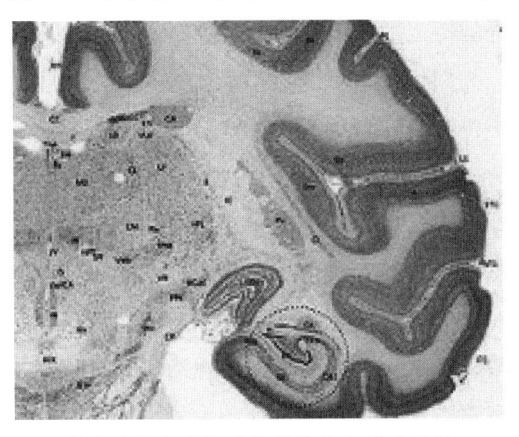

染色后的海马体及其独特的肉桂卷形状

在距离海马体不到一厘米的地方，是被称为杏仁核的杏仁状结构体，负责调节恐惧之类的情感反应。负责恐惧和记忆的结构体如此靠近彼此，并非偶然：我们必须记住应该害怕什么，以确保自身的安全与生存。在极度的恐惧袭来后，海马体其实会进入一种极度活跃的状态，使某些记忆（比如袭击者脸颊上痣的局部解剖图）以生动的细节呈现出来，而其他信息（比如发生袭击的房间的布局）可能会丢失。面对遭受暴力犯罪的受害者往往不完整的回忆时，我们必须记住这种不完善的编码。

记忆一旦形成并巩固，就不会再储存在海马体中，而是会被编码在大脑皮层的神经元中。大脑皮层是哺乳动物的大脑中负责解决问题和感知等高阶脑功能的部分。我通过阅读了解到，最早的记忆科学理论之一是由苏格兰心理学家亚历山大·贝恩提出的。他在《心灵与身体》一书中写道：对于每一个记忆行为，每一次身体能力的锻炼，每一个习惯、回忆以及想法的形成，都依赖于感觉和运动的特定组合或协调，这是由（大脑中）细胞连接处的特定生长实现的。"事实证明，贝恩的见解基本正确。今天，人们认为记忆取决于个体神经元之间类神经连接的强度。人类的大脑皮层约有1000亿个神经元和数万亿个突触。一个由大约1000个神经元和它们之间的突触（即它们之间的间隙）组成的网络，就足以编码单个情景的记忆。当这样一个网络受到偶然的刺激或经过努力回忆时，最初导致它聚集起来的各种感觉——视觉、听觉，甚至嗅觉——也会受到刺激。

贝恩的理论是一个重大的概念飞跃。几个世纪以来，哲学家们一直辩称心理现象不能被简化为机械事件，因此心理并不会体现在大脑中。这种早期心物二元论最著名的支持者是17世纪的哲学家、数学家和科学家勒内·笛卡尔。他认为心灵具有不同于肉体的超自然地位，而且心灵是一种无形的实体，不能被归结为物质肉体的某个部分。笛卡尔认为，正如石头可以独立于其他实体而存在，心灵也可以。他在《第六个沉思》中写道："我对自己有着清晰而明确的概念，在某种程度上，我只是一个非扩展的思想主体（即心灵）；另一方面，我对我的身体也有一个清晰的概念，它在某种程度上只是一种扩展的、非思考的东西。因此，（我）确信（我的思想）的确不同于我的身体，没有它也可以存在。"

对笛卡尔来说，肉体和灵魂占据着不同的领域。他在1644年5月写给一位祭司的信中提到："大脑的痕迹使大脑有可能像以前一样移动灵魂，从而使它记住一些东西，就像有折痕的纸或餐巾更容易像以前那样再次折叠，从未被折叠过的则没有那么容易。"[1]具有讽刺意味的是，这种见解是现代记忆科学理论的基础。

这一理论的基本要素是由加拿大心理学家唐纳德·赫布在他的里程碑式专著《行为的组织》中提出的。赫布出生于新斯科舍省，是两位医生的长子，其大部分学术生涯都在蒙特利尔的麦吉尔大学度过。他早年在家接受母亲的教育，这段经历深刻地影响了他后来对学习和记忆的看法。进入公立学校后，他的学业远远领先于同龄人，进步很快，12岁就进入了高中。在大学里，他主修英语和哲学，打算成为一名小说家。当这个愿望无法实现时，他找了一份小学校长的工作，同时在麦吉尔大学的夜校进修心理学课程，最终获得了博士学位。正是早年受母亲悉心辅导形成的洞察力推动了他的研究工作：他认为，学习和智力不是天生的能力，而是经验的产物。

作为学者，赫布对一个令人惊讶的解剖学事实感到困惑：大量脑组织的切除或受损似乎在很大程度上不会对智力产生影响。他写道："一个人的前额叶被切除之后，智商怎么可能还可以达到160或更高的水平呢？"

他确信，正是由于残存的神经元及其连接效率的提高——这是经验的结果——使得编码思想或感知所需的神经元更少，因而聪明的头脑才能承受脑组织的切除。根据西班牙神经科学家拉斐尔·洛伦特·德·诺提出的想法，赫布假设主观意识体验是由连接在一起的神经元集合来编码的，就像一串圣诞彩灯。集体放电加强了这些网络，导致突触的结构和效力发生变化。他将这一过程称为"长期增强"。

---

[1] 笛卡尔并不是第一位发表这种看法的思想家。柏拉图同样将记忆比喻为玻璃板上的刻痕——刻得越深，记忆就越持久。

他写道："人们普遍的想法比较传统，即任何两个细胞或细胞系统在同一时间反复活跃，就会趋于'关联'，因而一个细胞的活动会促进另一个细胞的活动。"他不知道这种关联是如何发生的，但他假设它会导致突触阻力（神经元之间的交流障碍）的降低。这种降低的阻力"增强"了同一突触之间的传递，使得网络可以作为独立实体进行激活，从而产生离散和永久的记忆。正如脑科学家喜欢说的那样，连接在一起的神经元会一起放电。

在赫布的理论，即目前公认的模型中，短期记忆只是一种暂时性的安排。如果一段记忆得不到关注，就会逐渐减弱。要使记忆更加持久，就必须通过反复激活来进行结构变化，这一过程被称为"巩固"。在人类身上，海马体对这一过程至关重要。虽然确切的机制尚不清楚，但大脑皮层的不同区域（视觉、听觉、嗅觉）在有意识的体验中被激活时，似乎会向海马体发送信号，将各种感觉和知觉压缩成一个完整的整体。

紧接着，海马体就像一位 DJ，一遍又一遍地重播这段情节，每次都将信号发送回它们起源的皮层区域。这种经历会被反复地，甚至是无意识地重新体验。一旦皮层回路固化，海马体就会退出这个过程，记忆就存在于皮层之中。这个过程通常发生在睡眠期间，这就是人们认为睡眠对记忆的形成至关重要的原因。

我渐渐明白，正是这个过程，让父亲在海马体不断退化的情况下，仍旧能够记起童年时期发生的事情（比如印巴分治），却记不起他刚刚吃了什么午餐。童年时期的记忆大部分是在独立于海马体的皮质网络中得以巩固的。根据记忆的类型和特征，巩固的过程可能需要几天、几个月甚至几年的时间。随着新信息的出现或旧信息的反思，记忆甚至可能发生变化。例如，我记得在医学院时,一位神经学讲师在屏幕上连续闪现了15个与睡眠有关的单词,并要求我们在他读完这些单词后,尽可能多地写下我们能够记住的内容。我写下了"平静""打哈欠""昏昏欲睡""打鼾""睡觉""床""休息"和"毯子"。大家写完后,他问我们有多少人写了"床"。几乎所有人都举起了手。他问有多少人写了"睡觉"。几乎每个人都写了。他告诉我们,"睡觉"并不在列表中。

神学家约翰·斯文顿在《痴呆症:生活在上帝的记忆里》一书中写道:"记忆中的过去比我们想象中更加脆弱、更具欺骗性且神秘得多。"记忆的巩固是一个生成过程,会导致修改、操纵和重建。随着新的信息、感知甚至情绪改变了原始的经历,记忆可能也会发生改变。它们会被重新配置,以符合我们当前的观念。它们最终可能充满了起源不明的虚构故事。当父亲最终(错误地)坚称我的母亲去世时坐在躺椅上时,他是在以一种夸张的方式做着我们所有人无意识改变记忆内容时所做的事情。

我们的记忆存在于许多地方。它们可以存在于书本、硬盘、智能手机以及我们大脑之外的其他实体中[①],甚至可能在不同的大脑中共享,比如家庭成员共有的回忆。当主脑失灵时,其他的大脑可能需要承担记忆的任务。

我记得,在我的父母搬到长岛的几年前,12月里一个雾蒙蒙的日子,我在中央公园长跑后给父亲打了个电话。那晚狂风呼啸。一场冷雨过后,地上满是成堆的湿透了的落叶。父亲告诉我,他的一个远房表亲刚刚去世了。和父亲的大多数亲戚一

---

① 参阅 Andy Clark, Supersizing the Mind: Embodiment, Action, and Cognitive Extension (New York: Oxford University Press, 2008).

样，维卡斯显然是我小时候在印度长大时的熟人，但我对他已经没有任何印象了。

"我很遗憾，爸爸。"我说。

"是的，嗯——"他的声音渐渐弱了下去。

"他是怎么死的？"

"我不知道，肯定是出了什么事情。我所有的朋友都在慢慢死去。我去德里见了一个人，一个教授、一个同班同学。他也死了。有时我觉得我最好清理一下桌子，把这些文件都处理掉。"

想到父亲也终有一死——我总有一天要面对如此可怕的经历——跑步带来的美好感觉瞬间烟消云散。

"你怕死吗？"我问。

"我不怕，但我不想死。"父亲毫不犹豫地回答，"要做的事太多了。"

"那你觉得接下来会发生什么？"我问，"你会重生，还是就到此为止了？"

"就我所知，应该是到此为止了。"他严肃地回答，"我不知道之后会不会发生什么。没人知道。"

天色很快暗了下来。一群少年坐在一块大石头上，咯咯地笑着，朝着雾霾吞云吐雾。

"那如果人生就到此为止了，还有什么意义呢？"我问。

"你会名垂青史。"他回答。

"但是你自己并不知道，又有什么意义？"

他解释说，意义在于知道人们会记住你。即使你不在他们身边，他们也会记住你。这是一种安慰。

我很快就会明白，我们有时候必须为所爱之人承受这种负担，虽然他们还在身边。

5

总有一天她会离开，这一切都会过去

在第一次去找戈登医生看诊后的一年里，父亲的病情逐渐恶化，轻度认知障碍的诊断因此也失去了意义。1926年，在阿洛伊斯·阿尔茨海默发表了第一份同名疾病病例报告20年后，一位名叫恩斯特·格伦的德国精神病学家描述了阿尔茨海默病的几个特征，包括记忆力丧失、工作粗心大意或不修边幅、理解能力减退和极度易怒。我的父母迁居长岛一周年之际，这些症状已经在我父亲的身上一一得到了展现。

但他并不是唯一无法面对疾病本质的人。我也在为他的过失寻找——或者试图寻找——借口。当他把自己锁在门外时，我会告诉哥哥和妹妹，谁都有可能遇到这种事情。当他忘记把钥匙放在哪里，或者不记得有没有去银行取钱时，我会解释称他太过疲惫；我们的母亲还病着；任何人在这种情况下都有可能行为失常。

2015年12月，我们去看了皮娅的二年级圣诞剧《爱丽丝漫游奇境》。那天晚上，母亲几乎无法挤进观众席。扶着她走下陡峭的台阶，穿梭在一群蠕动着的穿着硬挺卡其裤的小男孩和淡蓝色连衣裙的小女孩中间，是一项艰巨的任务。那天晚上，父亲的精神状态不错，一直在讲笑话逗孩子们开心，还殷勤地为年轻漂亮的妈妈们糟糕的节目捧场。节目开始后，每一场戏结束时，他都会用力地鼓掌。有的时候，如果舞台上的学生在表演中为了剧情开始鼓掌，他也会跟着鼓掌。我在拥挤的礼堂里充满怀疑地瞥了他一眼，告诉自己，他肯定是故意的。也许他知道自己在做些什么。

然而，到了第二年年初，这些失误开始变得越发令人不安。1月，他因闯红灯收到了一张交通罚单。2月，他开着那辆旧奥迪撞上了一辆停在乔氏超市停车场里的汽车。一开始，他极力否认自己出了车祸，直到我给他看了一份警察报告，上面显示另一辆车的尾灯受损，他才屈服。哥哥和妹妹想拿走他的车钥匙，被我拒绝了。谁都会犯错，我告诉他们，应该再给他一次机会。

但这些失误很快就变得无法原谅。在印度教寺庙里，他会与其他信徒就他所认为的印度贪污问题争论不休。虽然父亲公开宣称支持自己的祖国，但他的爱国主义中总是夹杂着对印度长期无能和第三世界腐败的蔑视。不幸的是，这些观点无法被寺庙里的信徒们接受。最终，他被禁止参加祷告。

他对资金的管理也变得越来越不计后果。他会从银行取出大笔的现金——某天取了700美元，几天后又取了2100美元——然后把它们放在家里。我和哥哥恳求他别再这样做了，因为家里有母亲的护工来来去去，但他就是不肯（或者说是不能）。我们会偷偷地把钱装进口袋，存回他的账户（他甚至都不会注意到）。尽管如此，家里还是经常丢失钱财和珠宝，账单也无人支付。其中一份来自"香蕉共和国①"的账单已经被催收机构追缴。拉吉夫在餐桌上的一堆文件里碰巧发现了追缴单。他们显然自去年5月以来就一直试图联系我父亲。我哥哥打电话去付账，电话那头的人让他等了20分钟，然后表示除非他出示授权书，否则就不能和他交流此事，更不用说收他的钱了。"我说我只是想支付账单，但他们连这个都不允许。"拉吉夫在给我和苏尼塔发来的短信中写道，"笑死我了，但我同时也很沮丧。"

不过，到了最后，父亲的一个电话让我停止了辩解。事情发生在2015年秋末的一个下午。当时我正在医院里查房。"我想问你，桑迪普。"父亲不客气地问道，"如果你不同意，请告诉我。我们是不是应该把你妈妈送去养老院？"他说话的口气像是在询问我们晚餐吃什么，而不是在决定他深爱了50多年的伴侣的命运。

"爸爸，"我的心中无比震惊，却还是试图保持冷静，"妈妈在哪里？"

"哦，她就在这里陪我呢。"我听见他转向了她，"我正在和桑迪普商量，要不要把你送到养老院去。"

母亲哭了，发出一声可怕的刺耳哀号。

"拉杰，我不是说我们应该这么做。"父亲对她说，很快又收回了原话，"我是说我们应该考虑一下。这也取决于你。但是他们会好好照顾你的。当然，我们每天都会去看你。"

那个电话——它的实事求是，言语中过分且无意识的残

---

① 一个美国服装品牌。——译者注

酷——终于让我明白，父亲的病情已经进入了一个更严重的阶段。一年多来，我一直无法相信在家里其他成员看来显而易见的事实。出于对他未来命运（也许还有我未来的命运）的恐惧，我一直在为那些事实进行合理化的解释。再也不会了。如果说还有什么的话，那就是我发现自己正被一种相反的（或许更具破坏性的）信念牢牢支配：父亲再也无法正常思考了。

当然，我还是会理会他的话，却很少回应或重视他的言论——只有当这些言论趋于正常时，比如他对2016年共和党总统候选人的滑稽表演做出的评论。如果它们听起来奇奇怪怪或者特立独行——这里的它们也可以指他——我就不予理会。他会给我讲一些古老的家庭故事，但我总觉得这些故事了无生趣且无关紧要，于是便责备或催促他赶紧说完。毫无疑问，我的做法让他感觉更糟了，并且加重了他的孤独。当然，我不是故意的，但也没有什么关系。一旦他被贴上患有脑部疾病的标签——我对他言语的无情解读证实了这个标签——他对我来说就成了家里的一个小角色，是他以前那个自己的缩小版，孤立无援，被限制在不断缩小的边界内，而我在笼子外悲哀地望着他。

类似的事情也发生在母亲身上。自从她开始产生幻觉（帕金森症或者可能是她正在服用的治疗帕金森症药物导致的），我和哥哥、妹妹就容易用疾病来解释她几乎所有的行为和感受。社会心理学家汤姆·基特伍德把这种行为称为"恶性社会心理学"。这是人格解体的一种形式。甚至母亲因为不能正常行走，或者父亲不断与她的护工争吵而感到悲伤或孤独，也会被我们（以及她的医生）解释为神经系统功能衰退的证据，而不是人类面对困难和令人沮丧的环境产生的合理反应。那些年间，我写了一本关于心脏的书,其中一个中心主题是心理社会压力对人类健康的有害影响。然而,当涉及自己的父母时,我的思维就又回到了疾病模型,认为他们的状况纯粹是细胞病理学的结果。我们的父母之所以会被束缚和边缘化,不仅是因为他们的疾病,还因为我们对疾病的反应。

记得2015年的一个冬夜,父亲急匆匆地把我叫到家里。母亲坐在餐桌旁,眼睛哭得又红又肿。她显然是要控诉自己的新护工苏嘉塔——上个月的第三名护工——把毯子放错了地方。"我一直跟她说,没有毯子,没有毯子,但她就是不听。"父亲沮丧地吼道,"我告诉她:'如果你继续指责苏嘉塔,她会离职的!'"

我拉过一把椅子,坐在妈妈身旁。"妈妈,这里没有毯子。"我坚定地说,"苏嘉塔没有拿,即使她拿了也没关系。反正毯子也不贵。"

"对你来说可能不贵,但对我来说可不便宜。"母亲反驳道。

为了安抚她,我跑到楼上,翻了翻她的衣柜。里面放着成堆的丝绸套装。我送她的背部按摩器还装在盒子里。此外还有一些祷告用的圣物。没有毯子。"我四处都找了,但是没有找到。"我走下楼告诉母亲。但她坚持要自己上楼去找。她比平时更敏捷地爬上台阶,左手扶着栏杆,因为右手的摔伤还没有痊愈。到了主卧,我从壁橱的一个架子上扯下一捆东西,解开了塑料袋。"不对,那些是被子。"妈妈说。那不是她要找的东西。

我翻遍了客房的衣柜,又找到了一堆裹着床单的东西。我打开包裹,在里面发现了一堆颜色鲜艳的物品——正是她一直在寻找的羊毛毯。"啊哈。"母亲得意地叫了一声。我局促不安地站在一旁,不知该说什么好。她快步走出了房间。"我们下楼去告诉你的爸爸，这样他就不会说我是个骗子了。"

那天晚上，雪花轻盈地飘落。妈妈睡着后，我和爸爸静静地坐在餐桌旁。他从来不是一个会失去希望的人，就连他都看得出来，母亲正在陷入晚期绝症的恶性循环，竞争问题变得越来越重要，一个问题的解决会引发另一个问题。"我为你妈妈感到难过。"他盯着电视里无声播放的新闻说，"她对自己东西的占有欲太强了。我想，总有一天她会离开，一切都会过去。"

皮娅的圣诞剧目落幕两周后，我在家里庆祝了自己的47岁生日。在聚会上，我和父亲发生了一场小小的争吵。他向客人们要了他们的电子邮件地址，这样他就可以和他们通信了。但他后来把写着地址的纸片弄丢了，惊慌失措。当我告诉他，我稍后会把地址用电子邮件发给他时，他大发脾气，声称我会忘记。然后我就发火了，说反正他也记不住自己把东西放在哪里，所以要求把东西写下来毫无意义。这是这个喜庆的场合里一小段不和谐的插曲。等我们切完蛋糕，家人和客人们大声呼唤"生日快乐"时，一切都被忘得干干净净。

几天后，在我上班的路上，父亲打电话给我，坚持要我马上过去。"能等一等吗，爸爸？"我在泥泞的长岛高速公路上疾驰，"我正在去医院的路上。"

"这也是你的工作。"他厉声答道，"我也曾为了我的妈妈这么做过。"我不情愿地把车驶下高速公路，转入出口匝道，迅速向左拐了两个弯，然后继续向东行驶。我看了看表。我的第一个门诊病人将在30分钟后到达。

"所以现在我们就该放下一切，招之即来吗？"我一边在拥挤的车流中穿梭，一边在电话里向哥哥抱怨，"为什么？好让他告诉我，他又想要捐献器官了吗？"

"我也害怕接电话，老弟。"拉吉夫同情地回答，"妈妈的问题已经够严重了，还得对付爸爸。"

拉吉夫和父亲的关系一直不太融洽。在一个传统的印度家庭里，身为长子并非易事。虽然拉吉夫很享受因此带来的好处，却十分厌恶身上的责任：娶一个父母认可的人，选择一个他们可以引以为傲的职业，为弟弟妹妹们树立榜样，还要一直背负父亲对他的深切信任。拉吉夫14岁那年被选中为父亲打字和校对他的第一部作品《珍珠粟及相关物种的细胞遗传学与育种学》，并且是唯一得到表彰的孩子。被选中陪父亲在实验室的暗室里通宵冲洗显微照片的人也是他。我还记得，每逢星期六早晨日出前，他睡眼惺忪地走进我们的卧室，身上总是散发着冲印液的酸味。

父亲喜欢我的哥哥，因为拉吉夫为人处世十分得体，符合拥有完美主义倾向的父亲的期望。虽然拉吉夫经常怨声连连，但他最后总是会按照父亲的期望去做——也许是出于内疚，也许是出于责任感，也许是因为害怕失去父母的尊重所产生的原始恐惧。

一辆卡车轧起的水花飞溅在我的风挡玻璃上。我说："也许我们没有像自己或其他孩子应该做的那样热爱我们的父母。"话一出口，我突然感到一阵后悔。

"我不觉得内疚。"拉吉夫直截了当地回答，"我对自己为他们所做的一切感到满意。"

"但你这么做是出于必须，而不是因为你想这么做。"

"有些人这样做是出于爱。"他说，"其他人则是出于责任。我这么做就是出于责任。"

无论我们的动机是什么，父母的晚年生活都不应该是这样的：疾病缠身、独自生活，而他们的儿女只能在工作和其他责任之间挤出时间来看望。当我们还是孩子时，许下了要照顾他们的诺言——事实上，这些诺言并没有兑现。当然，我们都有自己的理由：工作、家庭、相互矛盾的优先事项。最终，放弃照顾父母和我们生活中的其他选择一样，是时间减少、责任增加，或许还有兴趣不足的结果。在物理学中，水之类物质的三相点是指固相、液相、气相共存的一个温度与压强的数值。我和哥哥在家庭中也处于一个"三相点"状态：我们是父亲，是配偶，现在又成了照顾者——每个角色都处于一种不稳定、不协调的平衡中。

在高速公路上加速行驶时，我不禁在想，要是父母晚年留在印度（至少是他们离开时的那个印度），是否会过得更好。那里有他们的亲人可以陪在身边——这个兄弟就在街角，那个表兄住在街区的另一端——随时准备在有需要的时候出手相助。"在印度，我们已经习惯了大家庭。"两年前的夏天，妹夫维尼在父亲的退休派对上告诉我。当时我们正在讨论父母搬到长岛的问题。维尼常说，美国的生活是以个人目标为中心而牺牲集体责任。这种文化对我们很有帮助，甚至对处在鼎盛时期的父母也大有助益。但现在他们病了，需要帮助，这种文化就显得不合时宜了。当然，自从我们离开后，印度也发生了变化。如今的印度，女性经常外出工作；照顾老人的工作就算不外包给各大城市涌现出的养老院，也会越来越多地外包给私人有偿劳动力。尽管如此，几代同堂的家庭依然很常见。主流文化依然会将照顾老年人放在首位，或者至少不那么轻易地为了个人目标牺牲这份责任。

"你一直想让他们留在家里,但这已经行不通了。"我的车子从出口进入希克斯维尔时,哥哥说,"昨天我不得已又去了一趟,因为他把自己反锁在了门外。"

"那不是他的错。"我习惯性地脱口而出,为父亲辩护道,"前门是锁着的。他是从车库出去的。"

"桑迪普,"哥哥大声喊道,"你真的相信他还能照顾好自己吗?他甚至不会操作电视!他最后一次给你发邮件是什么时候?我想他已经不知道怎么发了。你一直说让他开车,但他会伤害别人的。你必须克服这种独立的观念。爸爸妈妈需要换一个不一样的环境。苏尼塔和我的意见一致,但你不是。"

我到家时,前门是敞开的。父亲穿着睡衣在客厅里踱来踱去,像是在排练演讲。这座房子已经越来越像垃圾场了。他一直想要整理的旧文件堆在餐桌上。墙上挂着以前旅行时随手买来的纪念品:一只中国西藏的盘子,一只瑞士的钟,全都是复制品,是遥远的回忆。

父亲看到我,突然停住了脚步。"坐下。"他说,手指着餐桌。

"爸爸,我没有多少——"

"坐下。"他叫道。

桌上放着父亲的笔记本电脑和一本詹姆斯·沃森[①]的《双螺旋》。那是我上个周末送给他的——在我自己的生日那天。他在封面上写了一句"这是从桑迪普那里收到的珍贵礼物!",除此之外,那本书似乎完全没有被触碰过。

[①] 詹姆斯·杜威·沃森(James Dewey Watson,1928年4月6日—),世界著名生物学家、遗传学家,20世纪分子生物带头人之一,被誉为"DNA之父"。——编者注

我在一把高靠背的椅子上坐了下来。一年多过去了，上面还盖着塑料包膜。"所以到底是什么事情，爸爸？"

他花了一点时间整理思绪。"你之所以能够成为现在的你，主要是因为我。"他开口说道，然后停顿了一下，好让这些话能被完全理解，"不完全是，但主要是。是我让你坚持学医的。"

这个论断虽然听起来奇怪，但还是有一定道理。我在医学院读书时，每当动力不足，父亲总是会耐心地聆听我的倾诉，不断地鼓励我。"你为什么要跟我说这些？"我不耐烦地问。

"在你生日那天，你只提到了你的妈妈，对我只字未提。太尴尬了。"

我回忆了一下自己的祝酒词，惊讶于他竟然还记得。"就算我说了些关于妈妈的话，那又怎么样呢？你不觉得这么多年过去了，她应该得到一些赞扬吗？"

"你在书里致辞的人也是她，不是我。"他从桌上拿起我的第二本书《行医》，"你应该把我们两人都提到！"

"我在第一本书中致辞的人是你。"

"你没有。"

"有！你只是忘了。"

他没有理会我，从我的书页里抽出插着的几封信。"这所房子的每封信上都有拉吉夫的名字。"他举起一个信封，手不住地颤抖。

为了避免收到催缴通知单，哥哥已经把所有的账单都转到了他的名下。"这件事你得去和拉吉夫谈。"我回答。

"去和拉吉夫谈，为什么？"父亲突然火冒三丈，"这是我的房子！"

"这的确是你的房子。"我平静地附和道。

"那为什么所有东西都写着拉吉夫的名字?"他抓起藏在书封里的支票簿,撕下一张自己写好的支票。"这是买下这所房子的钱。"他充满敌意地说,"卖掉法戈那座房子。把它交给拉吉夫。"

他看起来比以往任何时候更加瘦削和脆弱。"没关系,爸爸。"我试着软化自己的语气,"我们是一家人。"

他打开笔记本电脑,说想给我看些东西。我瞥了一眼墙上的时钟。我的第一个病人肯定已经在登记了。他盯着登录页面时,我等待着。

"你看起来很累。"我说。

"我一直很累。"他回答。

"嗯,你看起来比平时更累。出什么事了?妈妈还好吗?"

他停顿了片刻。"她还是……老样子。昨晚,她说有人睡在地毯上。我说:'不,拉杰,没有。'"

我试着说些什么。我钦佩他在母亲患病期间给予她支持的方式,尽管我也意识到,他和家里的其他人一样,常常做得不够好。"我很骄傲……"我停了下来。这句话听起来无比空洞。

"不,我爱你妈妈。"他飞快地答道,"这是我能做的最起码的事情。你知道她为我们牺牲了多少。她过去曾在印度的学校里教书。她要顶着烈日、倒两趟公共汽车。我没有工作时,她一直陪在我的身边。"

我聆听着。那一刻,父亲的头脑似乎彻底清醒了。

"我们曾经过得非常美好。"他接着说,"我得到了所有的奖励:金牌、以我的名字命名的中心……她的生活也很美好。但我们的好日子已经到头了。有时候我想,我们还是去死比较好。"

我猛地从椅子上站了起来。"爸爸，你在说什么？"

他的目光穿过我，仿佛正凝视着千里之外的某样东西。"我以前工作效率很高。"他说，"讲座、幻灯片、电子邮件。现在……"他的声音越来越弱。

"爸爸，你还有很多事可做。"我鼓励他。"我们可以像说好的那样，去一趟冷泉港。也许你可以在那里开个暑期班……"我知道这已经不可能了，"或者，我不知道，以其他方式奉献你的时间。"

妈妈在卧室里大声地呼唤他。她又想去洗手间了。他提高嗓门，说他马上就来，然后转向我："我觉得你们甚至不会想念我。你们现在都有自己的家庭了。"

"我们当然会想念你们。"我哭了，"我们有回忆！"

"哦，也许会想个两三天吧，至多一星期。你们会忘记的。但是你们的妈妈会想念我，我们在一起度过了一生。我可能会生她的气，但她对我来说弥足珍贵。她始终陪在我的身边。"

我的手机响了。"我知道，爸爸。"我回答，不顾一切地想要离开。

"你不知道。"他哭着说，"她以前在中学教书。她要顶着烈日、倒两趟公共汽车。我告诉过你吗？"

我上车时，他就站在门廊上。我把车子倒出车道。他不确定地挥了挥手。我隐约有种想要留在他身边的渴望，但我不得不走。我的病人都在等着见我。

就在那时，我被一种多年未曾有过的感觉紧紧扼住。我打开车门，奔上台阶，拥抱了他。他棉质衬衫上淡淡的老香料牌须后水味道把我拉回了另一个时代。那时的他截然不同，让我既敬畏又恐惧。此时此刻，看着他大早上还穿着睡衣——一个

远去的父亲 / 56

曾经以工作为荣、总能自我控制（和控制别人）的人——真是令人心碎。他总能让我想起维托里奥·德·西卡的《偷自行车的人》中的那位父亲：充满爱心、超然物外、充满保护欲，但也有些可怜。那一刻，我感觉我就像电影结尾的男孩，若有所思地望向自己曾经怀着崇敬和尊敬的目光注视过、如今轰然倒下的父亲。

"谢谢你，宝贝。"我拥抱他时，他说。我揉了揉他长满胡楂的脸颊，亲了亲他。他拍拍我的头，露出一丝微笑。"父母是无可替代的。"他说，仿佛那天早上的整段插曲是他此生一直在努力教给我的另一个教训，"还记得我的母亲吗？她死在了我怀里。"

我眼含热泪地转身朝着车子走去。我没有勇气告诉他，她并没有死在他的怀里。

6

看来我们要面对的是一种特殊的疾病

我阅读的一些书籍追溯了几千年来人们对衰老和智力衰退看法的发展历程。在人类历史的大部分时间里，像我父亲这种情况被认为是衰老的正常过程。即便在古埃及，人们也认为衰老会伴随记忆力减退——虽然这种疾病被认为起源于心脏。例如，公元前24世纪的一份埃及文本描述了一位年迈的法院官员，称他"心脏衰竭，无法回忆起昨天发生的事情""每晚都变得越来越幼稚"。

希腊人也认识到，人的心智往往会随着身体的衰老而退化。柏拉图和亚里士多德都在公元前4世纪写过与年龄相关的智力衰退问题。亚里士多德认为，老年人无法胜任高层职位是冰冷的黑色胆汁淤积的结果，"因为他们的头脑不像年轻时那样敏锐。"随着文明的进步，对老年人的这种偏见依然存在。公元2世纪，罗马哲学家、外科医生盖伦写道："衰老并不像进食和生长那样自然。"他把衰老过程比作"身体不可避免的感染"，并将与年龄相关的记忆丧失归因于大脑中的"寒冷体液"。当然，他的看法是错误的，但他对"大脑的物理变化可以影响思维"的见解是一次革命性的飞跃。

公元前1世纪的罗马政治家西塞罗是最早认识到衰老不一定会导致智力衰退的古代哲学家之一。他在专著《论衰老的艺术》中写道："老年痴呆症不是所有老年人的特征，它只属于那些意志薄弱的人。"西塞罗认为，积极的精神生活可以延缓甚至防止心智的衰退。他指出，精神就像一盏灯，不加油就会变暗。"我们有责任抵抗衰老，通过谨慎的护理来弥补其缺陷，像对抗疾病一样去对抗它。"他还补充称："我们的身体会因劳累而变得沉重，思想却因不断的锻炼而变得更加轻盈、敏捷。"通过他这番富有先见之明的言论，我们可以看到一个如今已被广泛接受的观点正在萌芽：刺激大脑的活动可以减缓认知能力的下降。但西塞罗的沉思对这个问题的思考影响很小。

到了中世纪和近代早期，痴呆症似乎并没有引起人们太多的兴趣或关注，部分原因在于黑死病等致命的流行病正在摧毁人类。但疯狂和衰老仍然是日常生活中的常见特征，并在艺术和文学中得以表达。例如，李尔王可能就患有某种痴呆症，其特征是推理能力差、偏执、定向障碍和精神错乱（"有谁能告诉我，我是谁？"）。莎士比亚笔下的另外一个角色——《皆大欢喜》中的"忧郁的雅克"，也详细描述过人类生命周期的病态结局：

> 终结这段古怪的多事的人生的最后一场，
> 是孩提时代的再现，
> 全然的遗忘、没有牙齿、没有眼睛、
> 没有口味、没有一切。

乔叟、博斯韦尔和斯威夫特都曾在作品中提过老年人智力的衰弱。例如，在斯威夫特的《格列佛游记》中，长生不老的"斯特鲁布鲁格人"会患上一种与年龄有关的可怕痴呆症，变得"固执己见、暴躁易怒、贪婪、忧郁、虚荣、多话，却无法与人交友，对一切的自然感情都漠不关心"。斯威夫特写道："除了在青年和中年时期学到的、观察到的东西，他们什么都不记得，而且就连这些记忆也很不完整。"这是对海马体退化的明确认可。斯特鲁布鲁格人象征着延长衰老的恐怖，是对那些不惜一切代价追求长寿的人发出的警告。

讽刺的是，在这本小说出版后大约10年，斯威夫特本人也出现了认知能力衰退的情况。他开始四处游荡，出现了记忆和语言障碍，而且无法分辨方向。这些临床症状几乎可以肯定就是阿尔茨海默病的结果。70岁时，他在给朋友的信中写道："我已经完全失去了记忆，因为严重的耳聋而无法与人交谈。这种情况已经持续了将近一年，我对任何治疗都已绝望。"他的传记作者威廉·莱基在1861年写道："这不是精神失常……（但）随之而来的是绝对的愚钝。"最终，斯威夫特的监护人被任命来管理他的事务。莱基指出，那时的他"所有智慧的火花都已熄灭。这种状态持续了两年，直到他糊里糊涂的睡眠变成了死亡的长眠"。

尽管通俗文学中有关痴呆症的描述不胜枚举，但在欧洲的前科学时代，这种病症并没有引发太多的探究。人们认为，控制人类思维的力量神秘莫测，超出了理性的范围。那些年间，教会是推广知识的主导力量，通过经验观察质疑宗教教义往往会被视为异端邪说，可以被处以死刑。

然而，这种对教条的遵从在17世纪开始消退，因为痴呆症越来越多地被视为一种可以通过理性研究来理解的神经精神疾病。例如，解剖学家开始探索大脑，寻找可以解释精神障碍的线索。一些人发现，精神失常者的大脑比正常人的大脑更硬、更干，或者像瑞士解剖学家西奥菲勒斯·博尼特所说的那样，"受到过多的湿度或寒气的压迫"。但更著名的解剖学家、意大利人乔瓦尼·莫加尼反驳了这些观察结果。他写道："我不会过分强调（大脑）硬度。我想让你们知道，在一些头脑没有出现紊乱的人身上，我发现他们的大脑也没有多软。"尽管存在这样的误解，但将大脑视为精神障碍的源头是一项显著的进步。因为在之前的大部分历史中，心脏一直被认为是情感和精神生活的数据库。

到了19世纪中期，一种研究精神疾病的科学方法开始产生显著影响。医生们发现，正如无数医生后来观察到的那样，与正常人相比，死于精神疾病的患者的大脑会萎缩、重量更轻。在1860年出版的教科书《精神疾病的特征》中，法国精神病学家莫雷尔把大脑重量的减少描述为"人类物种颓废的表现"。四年后，英国内科医生塞缪尔·威尔克斯写了一篇关于萎缩大脑的描述，称它所在的颅骨已经装不下了。他指出："脑沟没有交会在一起，而是相隔很远，脑沟间充满了脑浆。"脑萎缩很快被理解为痴呆症的一个决定性特征。事实上，老年人的大脑在尸检中并非总是会表现出萎缩。这一事实有助于推翻痴呆症是衰老的必然结果的普遍观点。

同样是在19世纪，人们开始认识到，精神疾病是需要治疗的。法国医生菲利普·皮内尔是现代精神病学的奠基人之一，专注于研究遗传和生理而非道德和宗教的失败在精神失常的发展中发挥的作用。在1806年出版的《论精神错乱》中,他谴责了一种制度,这种制度会习惯性"抛弃病人,任由他们被忧郁的命运摆布,把病人视为某种不可驯服的存在,让他们被单独监禁、背上镣铐,或者以其他方式遭到极端严厉的对待"。当时,患有痴呆症的病人经常和"白痴、癫痫病人、瘫痪者"或妓女和其他"变态"关在一起,遭受冷水浴和鞭打的折磨。皮内尔的作品使这些患者得到了更人道的治疗。

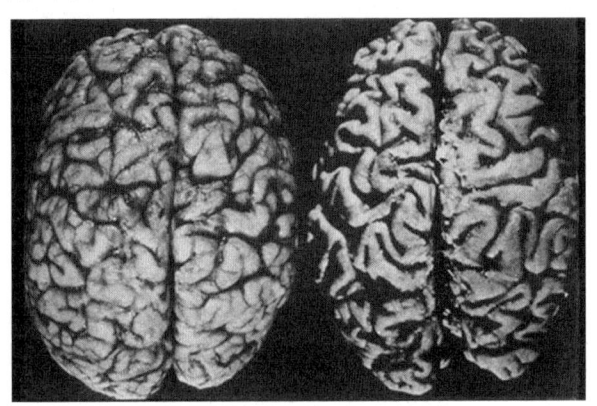

正常的大脑(左)和萎缩的大脑(右)。19世纪中期,
人们第一次发现脑萎缩是老年痴呆症的特征。
[在爱思唯尔公司的允许下翻译自 N. C. Berchtold and C. W. Cotman,
Neurobiology of Aging 19 (1998): 173–189]

与此同时,人们正在创建一个痴呆症的分类系统。在法国,皮内尔的学生、精神病学家让-埃蒂安·多米尼克·埃斯基罗尔将衰老引发的(或"老年性")痴呆与其他后天性痴呆进行了区分,比如梅毒引发的痴呆。当时的人们认为,梅毒性痴呆症占痴呆症病例的近十分之一。他写道,老年性痴呆"始于记忆减退,尤其是近期记忆力的减退"。他还补充称:"注意力变得无法集中；意志不确定；动作缓慢。"当时，痴呆症通常被称为低能、愚蠢或白痴，但埃斯基罗尔正确地指出了痴呆症和"先天愚型"（唐氏综合征）之间的根本区别。"先天愚型"是智力缺陷的完整术语。"一个处于痴呆状态的人会失去他以前享有的优势。"他写道，"相反，愚型总是处于缺乏和痛苦的状态中。"

到了19世纪末，老年痴呆症被认为是血管硬化导致的血液流动减少造成的中风。神经病理学家通常将老年患者血管中充满脂肪沉积物的病例描述为"血管性痴呆"。但血管疾病并不能解释所有的痴呆症病例，特别是那些相对年轻的老年患者病例。值得注意的是，一位名叫奥古斯特·迪特的50岁德国女性患者的病例就无法这样解释。她在法兰克福的市政精神病院接受了一位名叫阿洛伊斯·阿尔茨海默的杰出精神病学家的治疗。

当迪特开始陷入疯狂状态时，她婚姻美满，育有一女。一开始，她有偏执妄想症，认为与她结婚28年的铁路职员丈夫卡尔有外遇，但病情很快就发展为健忘和严重的方向迷失。和朋友打招呼时，她就好像是第一次认识他们一样。平日里，她连刚刚发生的事情都记不住。几个月后，她就无法自理了，促使她的丈夫把她送进了法兰克福所谓的"疯人城堡"。"我失去了自我。"她对医生说。

"在精神病院里，她的行为表现出了各种完全无助的迹象。"阿尔茨海默写道，"她在时间和空间上完全迷失了方向，有时说她什么都不懂，一切对她来说都很陌生。有时，她会像招待客人一样问候主治医生，还会要求对方原谅她没有做完家务。有时，她会高声抗议他要伤害她，有时又会怀疑他图谋不轨，言辞激烈地斥责他。"

阿尔茨海默写道，虽然她的步态和反应都正常，但"记忆力严重受损"。"如果给她看什么东西,她能正确地说出它们的名字,但马上就忘得一干二净。"她的语言能力也崩溃了。"阅读试卷时,她会从一行跳到另一行,或通过单独拼读单词抑或是用发音使单词变得毫无意义。写作时,她会多次重复单独的音节,省略其他音节,很快就彻底写不下去了。说话时,她会使用填空和一些意译的表达方式(用'倒牛奶的东西'来替代'杯子')。有的时候,她明显无法继续说下去。"

阿洛伊斯·阿尔茨海默与他最著名的病人奥古斯特·迪特

当时,阿尔茨海默是一名临床精神病学家,但他真正热爱的是神经病理学。在柏林上大学时,他就对细胞的显微研究产生了浓厚的兴趣。当他回到自己的出生地巴伐利亚的下弗朗科尼亚,在维尔茨堡大学学习医学时,学会了细胞染色技术。1887年,他以优异的成绩毕业,他的博士论文的主题为"耳中产生蜡的腺体"。后来,他受雇于法兰克福的市政精神病院,在那里遇到了神经解剖学家弗朗茨·尼索尔——此人发明了一种特殊的细胞染色剂,被命名为尼氏染色液,至今仍在使用。

这两个人成了朋友，白天一起治疗病患，晚上一起在显微镜下工作。尼索尔注意到，这位年轻的同事对组织学（研究组织微观结构的科学）颇有兴趣，便鼓励阿尔茨海默在临床工作的同时展开研究。阿尔茨海默的妻子、富有银行家的女儿塞西莉生下他们的第三个孩子后不久去世，给他留下了一大笔财产，他就此获得了经济独立，才接受尼索尔的建议，投身于实验室研究。1906年，当他的病人迪特去世时，阿尔茨海默已经搬到了慕尼黑的皇家精神病医院，在欧洲顶尖精神病学家之一埃米尔·克雷佩林的实验室里担任精神病理学家。尽管如此，在离开法兰克福之前，他曾提出要求，在迪特去世后将她的医疗记录和大脑送到他那里进行研究。这些资料在1906年的春天送到了他的手中。

在检查迪特的大脑时，阿尔茨海默首先注意到了明显的萎缩。这个器官重量较轻，大脑皮层也比同龄人的更薄。利用新开发的染色技术，他在显微镜下检查了脑组织的薄片，发现了两个令人费解的异常之处。首先，"整个皮层，特别是上层，分散着（多个微小）病灶，是由一种特殊物质的沉积引起的"。

这些累积物现在被称为"老年斑"（阿尔茨海默称其为"堆积产物"），其中的特殊物质——经历了结构变化、变得"黏稠"并形成微小聚合体的大脑蛋白质——被称为 β-淀粉样蛋白。尽管病理学家至少从19世纪中期就知道淀粉样蛋白（包括肾脏、心脏和肝脏在内的许多衰老器官中都能观察到不同类型的淀粉样蛋白积累），但直到1927年，人们才用偏振光鉴定出淀粉样蛋白为脑斑的主要成分。

阿尔茨海默利用一种特殊的银染色剂观察到了另一种异常，是先前未曾描述过的脑细胞内纤维的缠结。"在一个原本看起来正常的细胞内部，一根或几根纤维由于非凡的厚度和不可渗透性变得十分突出。"阿尔茨海默写道。根据后来的电子显微镜显示，这些纤维最初是神经元内用于运输营养物质的普通结构，但一种被称为"Tau"的蛋白错位折叠，使纤维扭曲成螺旋形状，功能受到干扰，从而变得异常。

阿尔茨海默写道，这些纤维"融合成密集的束，逐渐到达细胞表面。最终细胞核与细胞本身解体，只有一团纤维能够表明神经元以前所在的位置"。大多数 50 岁以上的人大脑中都存在这样一些缠结。这很可能是一种衰老现象，在正常寿命内不会导致痴呆。但淀粉样斑块存在时的缠结更加密集，破坏性也更大。奥古斯特·迪特的大脑就是如此。它已经解体，细胞体膨胀成彗星状，凸出异常的蛋白质聚集物。她的大脑皮层中多达三分之一的神经元受到了影响。

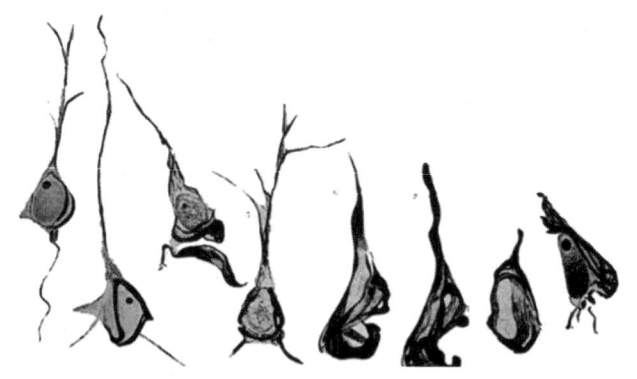

神经纤维缠结和瓦解的神经元（由阿尔茨海默及其同事绘制）

阿尔茨海默的观察引起了他的导师、当时欧洲最著名的精神病学家埃米尔·克雷佩林的兴趣。克雷佩林长期以来一直致力于证明精神障碍起源于脑病理学，而阿尔茨海默病的结果与这一核心信念产生了共鸣。他鼓励这位同事向更广泛的科学界展示他的发现。1906年11月3日,阿尔茨海默在宾根举行的德国精神病学家会议上首次公布了自己的发现。不过他的讲座只有一百多人参加,没有引起多少关注。(之后那场关于强迫性手淫的讲座似乎更具吸引力。)

几个月后,阿尔茨海默发表论文,声称大脑中存在一种"独特的疾病过程"。他写道:"考虑到这一切,我们似乎正在处理一种特殊的疾病。"但这篇论文也没有引起多少关注。

不过,克雷佩林确信阿尔茨海默的发现至关重要,因此,1910年,他在颇具影响力的教科书《精神病学》第8版中描述了奥古斯特·迪特的病例以及这位门生的发现,并将这种疾病称为"阿尔茨海默病"。他总结了阿尔茨海默病的许多基本特征,包括"接受能力下降,心理韧性下降,感情关系受限,精力松弛,(以及)难以控制地越来越固执"。

"患者的情感生活会被逐渐摧毁。"克雷佩林写道,"他们对生活的折磨或享受的认识会大大降低。"他表示,在大多数病例中,"知觉和记忆障碍似乎是最典型的症状。"他还指出,"他们童年发生的事件会以惊人的生动性在其脑海中再现",同时"对最近事件的记忆开始显露出许多难以理解的空白"。克雷佩林承认,阿尔茨海默病的临床意义尚不清楚。由于克雷佩林名声在外,病症的名字被保留了下来,第二年就在美国和欧洲被用于诊断精神缺陷患者。

尽管如此,对痴呆症机制的了解几十年来一直停滞不前。进展缓慢的部分原因在于,迪特患病时还很年轻。虽然她的症状与老年患者相似,但一个根本性的问题仍未得到解答:(奥古斯特·迪特等相对年轻的痴呆症患者的)"阿尔茨海默病"与老年人中常见的痴呆症是一样的吗？

阿尔茨海默与克雷佩林都不认为这两种疾病是相同的，而且与他们观点一致的大有人在。许多病理学家认为，阿尔茨海默病中的斑块、缠结和神经元死亡比影响老年人的老年痴呆症更加严重。神经学家声称，这两种病症患者的行为也存在差异，比如，阿尔茨海默病患者更容易躁动和走神（事实证明，这可能是因为年轻患者通常更健康，患病后存活的时间更长，从而给了疾病更多的时间造成破坏）。

因此，在大多数专家看来，阿尔茨海默病在相对年轻的人群中很少发作。1941年，英国神经病理学家W.H.麦克梅尼写道："把阿尔茨海默病看作一种中年精神疾病似乎是最合适的，其组织学特征与老年痴呆症相似，通常更广泛、更严重。"他补充说："到目前为止，我们对'致病因素'的性质一无所知；我们推测它们的起源是有毒的或退行性的，在'脑组织'中产生的结果与我们在老年人身上发现的一种痴呆症相似。"他还写道："这些疾病彼此之间的关系还有待研究。"

与此同时，美国人的寿命正在逐渐延长，痴呆症的发病率也随之飙升。到了20世纪中期，美国有成千上万的老年痴呆症患者住在精神病院。1946年，美国国会成立了国家精神卫生研究所，对痴呆症和其他精神疾病进行研究。在接下来的20年里，成千上万的痴呆症患者从衰败的精神病院转移到了养老院。然而，医学界仍不清楚是什么病症在折磨他们。

到了20世纪70年代早期，人们开始达成共识，即（仍然被认为只影响中年患者的）阿尔茨海默病和（影响老年人的）老年痴呆症实际上是同一种疾病。1976年，布朗克斯的阿尔伯特·爱因斯坦医学院神经学荣誉教授罗伯特·卡兹曼在《神经学档案》上发表了一篇极具影响力的社论，辩称将这两种疾病区分开的做法是武断的。他写道："尽管需要进一步的研究，但事实上，除非是根据患者的年龄判断，否则临床医生、神经病理学家和电子显微镜专家都无法区分这两种疾病。"

回顾来自欧洲的数据，卡兹曼认为，患有阿尔茨海默病的美国人可能有数百万甚至更多。根据他的计算，每年有 6~9 万美国人死于阿尔茨海默病，死亡原因包括脑功能丧失导致的肺炎、长期卧病不起引发的感染或吞咽能力丧失。这使阿尔茨海默病成了美国第四或第五常见的死亡原因。但这一事实在标准的重要统计数据中被忽视了。卡兹曼写道："老年痴呆症患者的死亡证明可以证实支气管肺炎、心肌梗死、肺栓塞、脑血管意外或其他死亡时发生的急性事件。这些事件也可能'通过癌症'最终仁慈地结束患者的生命。然而，癌症诊断会作为第一死因出现在死亡证明上，老年性痴呆的存在却被彻底忽略。"他得出结论："我们认为，现在是时候放弃武断的年龄区分，采用单一的名称——阿尔茨海默病了。"

如果卡兹曼的目的是想让人们相信，阿尔茨海默病是一种普遍存在的致命公共卫生问题，那么他做到了。短短几年时间，阿尔茨海默病从一种相对罕见的疾病发展为被认为是美国老年人死亡的第四大原因[①]。1979 年，一些家庭聚集在芝加哥，成立了阿尔茨海默病协会，这是一个全国性的倡导团体。随着时间的推移，美国国会也在人们的激励下成立了国家老龄研究所。1984 年，该研究所创建了六个国家级阿尔茨海默病研究中心，以研究这种疾病的基本机制。在 20 世纪八九十年代，随着丽

---

① 根据美国医学索引显示，1975 年发表的论文中只有 42 篇涵盖关键词"阿尔茨海默病"。

塔·海华斯和罗纳德·里根等名人被发现患有这种疾病，公众对它的认识进一步加深。（里根的认知问题在第二任期中就十分明显了。）自此以后，联邦政府对痴呆症研究的资助增加到超过30亿美元，与2011年相比增加了近8倍。然而，这笔支出仍然不到癌症研究花费的50%。

如今，我们已经了解了几种不同类型的痴呆症，其中阿尔茨海默病最为常见。阿尔茨海默病通常出现在老年时期，但也有1%~2%的病例发生在年轻患者身上（比如奥古斯特·迪特），而且主要是具有遗传性。阿尔茨海默病有很长的潜伏期。作为该疾病标志的斑块和缠结被认为应该形成于认知障碍出现前的十多年。因此，2014年11月，当我父亲第一次去找戈登医生看病时，他的大脑就已经出现了严重的、可能无法逆转的细胞和突触损伤。

阿尔茨海默病会影响大脑的许多不同区域。它通常始于处理长期记忆的海马体，但也可能始于颞顶叶，导致语言缺陷，或者始于额叶，导致判断力差或行为失调。无论最初的损伤是什么，病状都会像野火一样蔓延。在疾病的后期阶段，患者的缺陷往往非常相似。

安理申等获批用于治疗这种疾病的药物主要是治疗症状，比如记忆丧失（即使是这样，效果也微乎其微），无法减缓或逆转疾病的进展。2021年，尽管遭到了一个专家小组的反对，但美国食品药品监督管理局还是批准抗淀粉样蛋白的单克隆抗体药物①。这种药物及其类似药物的作用是针对并消除淀粉样斑块。如果淀粉样蛋白是阿尔茨海默病造成脑损伤的主要原因，这有可能减缓病情的发展。然而，到目前为止，抗淀粉样蛋白药物还没有产生可靠的临床疗效（在某些情况下甚至会使认知能力变得更糟）。如果一种药物可以清除淀粉样蛋白而不产生显著的临床益处，那么我们就可以合理地假设，除了淀粉样蛋白以外，肯定还有其他病状是导致痴呆症患者脑损伤的主要原因。针对Tau蛋白缠结的药物目前还在研究中。

随着对痴呆症的研究的不断深入，越来越明显的是，阿尔茨海默病只是斑块和缠结的信条必须让位于更广泛的概念。导致阿尔茨海默病的可能既不是斑块，也不是缠结；更确切地说，这种病症可能只是另一种病理过程（例如炎症）的副产物。最近的证据表明，被称为"小神经胶质细胞"的大脑免疫细胞可以吞噬不熟悉的病原体和死亡的脑组织。这种细胞的过分活跃可能会加速大脑的退化。著名的痴呆症研究者鲁道夫·坦齐曾说："小神经胶质细胞可能不仅仅是看门人，也是杀手。"一些研究小组和公司正在试图找出影响控制炎症性小神经胶质细胞活动基因的方法。事实上，对抗炎药物的小规模研究已经显示

---

① 2019年，制造这种单克隆抗体药物的生物技术公司百健得出结论，认为该药物与安慰剂相比没有更多的益处，从而终止了两项针对该药物的后期研究。据说几个月后，该公司在分析了更大的数据集后发现，阿尔茨海默病的早期患者在服用更大剂量的单克隆抗体药物后，认知衰退的情况的确有所减缓，于是意外地重新启用了这种药物。
食品药品监督管理局的专家顾问小组强烈反对这种数据的解读，不仅破灭了患者的希望，在某种程度上也破坏了当前研究计划的逻辑依据。几十年来，从患者脑中清除β-淀粉样蛋白斑块能得到更好的临床结果的逻辑依据一直是阿尔茨海默病药物研究的基础。但单克隆抗体药物和其他药物实验提供了越来越多的证据，对这一假设提出了质疑，并呼吁重新评估医学科学应对痴呆症流行所采取的方法。

出,抗炎药物对于降低患阿尔茨海默病的风险具有一定的益处。其他研究表明,疱疹病毒或引起牙龈疾病的细菌等传染性病原体可能在引发淀粉样蛋白的形成中起了作用。这些假设可能会开辟新的研究领域和治疗途径,包括使用抗生素。

不过,大多数患者确诊时已经出现了大量的细胞死亡,以至于治疗斑块或缠结不会带来任何明显的益处。因此,新的研究项目专注于培育神经元,并恢复它们之间的突触连接。

不管未来会发生什么,在过去的四十年间,数百种治疗痴呆症的药物已经被丢进了失败的阿尔茨海默病治疗方法留下的垃圾堆。事实表明,痴呆症仍旧是唯一一种缺乏有效治疗方法的慢性的、广泛的医学灾难。与奥古斯特·迪特在1901年接受的治疗相比,我们如今能为病人提供的治疗方式几乎没有任何改变。面对如此悲观的治疗前景,患者及其家属必须具有非凡的韧性。

7

这一天终于来了

在父亲的记忆力逐渐衰退的同时，母亲的行动能力和平衡能力也在下降。和她 50 年来的生活一样，她的病情与他的病情是同步发展的。她在一次跌倒中摔断了脚，在急诊室待了半天。她还有瞪眼发呆的毛病，会变得毫无反应，引发了新一轮的恐慌。我们不止一次带她去急诊室排除中风的可能。她开始出现幻觉，指责我父亲在脸书上有情妇。父亲刚开始时还嗤之以鼻，随着指控的持续，他变得沮丧起来。"如果过了这么多年，你还觉得我在和女性约会，那我就该投水自杀了。"他说。最后，她需要一个住家保姆来帮助她完成基本的日常活动：洗澡、吃饭、走路、穿衣。她对我说："儿子，趁着年轻，你想做什么就做什么。一个人衰老的速度比你想象的更快。"

为了控制她的症状，我们添加了更多不同的药物——治疗低血压的氟氢可的松，治疗幻觉的思瑞康，还有治疗其他药物副作用的药物，但收效甚微，也不知道如果我们一开始没有调整药物，母亲的情况是否会更好。即便帕金森症剥夺了她所享受的生活——一段培养了三个成功的子女、管理着一个总是在超负荷运转的家庭的充实人生——母亲却从来没有问过："为什么是我？"反而我们总是在问："为什么是她？"

病情每每出现下滑，她都会坚称："如果我能一直这样下去，也没什么大不了的。"随着病情的恶化，她可以重新调整自己的期望，维持精神的基本稳定。但目睹这一过程令人感到痛苦。2016年初春的一天，一向是实用主义者的哥哥居然说他希望母亲快点死去。我们的外祖父就是这样去世的。他刚过完83岁生日就死于心肌梗死。我记得母亲对他能够快速且毫无痛苦地离开一直心存感激，但我还是狠狠地骂了哥哥一顿。我还没准备好失去母亲，我希望她能活得越久越好。

两周后，在父母家的晚餐期间，母亲告诉拉吉夫的妻子范达娜，末日即将来临。她的语气实事求是，带着不加修饰的直率，就像一个没有精力浪费在社交上的人。当然，大家都流下了眼泪，但谁也不觉得这有什么好惊讶的。母亲这时已经很难从躺椅上站起来了。多年来，我知道病人通常对自己的死亡有第六感。比如在心脏病发作或致命感染前，他们可能会产生一种厄运即将到来的感觉，尽管医生不知道如何解释，但大多会认真地对待这种情况。不过，那天晚上，我没有理会母亲的预感。我告诉她不要担心。她其实并不担心。她经常说她不想比我父亲活得更久。她的愿望要实现了。

大约三周后，她去世的那天早上，拉吉夫不到8点就在车里给我打来了电话。这对他来说是个奇怪的时间——我正准备去上班——所以知道大事不妙。"妈妈的情况不太好。"他平静地说，"我觉得你应该过去看看。"

我告诉他，我把孩子送到学校后就过去。

"现在就去。"他说，"我想妈妈已经去世了。"

那是4月里一个阳光明媚的日子。几乎万里无云的淡蓝色天空下微风习习。我驾车疾驰，并给爸爸拨了个电话。他冷静地接起电话，但听到我的声音便开始抽泣。除了让我开车注意安全之外，他什么话也说不出来。于是我让他把电话交给母亲的新护工哈温德。哈温德告诉我，她是在早晨5点钟时被呻吟声吵醒的。她在房间另一头的小床上呼唤我的母亲，但母亲没有回应。她正要起身去看她，听到母亲深吸了三口气，然后就安静下来。她以为她又睡着了。但早上晚些时候，她试图叫醒我的母亲，发现她没有任何反应。她已经没有了呼吸，皮肤苍白而冰冷。"先生，她已经走了。"哈温德说。就在这时，我听到父亲大喊说，外面停了一辆救护车。

我前天晚上才去看过母亲。她走起路来比平时更加困难，从跑步机上走下来时动作十分缓慢。在父亲的监督下，她仍然每天都要在跑步机上走两次。我问她感觉如何。她承认左侧胸部有轻微的压力，我以为这是最近摔倒的原因。此时此刻，我被一辆校车堵在后面，这才意识到胸痛可能是冠状动脉心绞痛。我的母亲很可能是在睡梦中死于心脏病发作。她的心脏似乎对她表现出了一种她的大脑无法给予的仁慈。

当我把车停在父母家门口时，车道上没有车。我跑到前门，却发现门锁着。我发狂似的按响门铃，但无济于事。我拨通了哥哥的电话。他告诉我，医护人员已经把母亲送到几英里外的普莱恩维尤医院急诊室了。拉吉夫及时赶到，阻止了他们在救护车后面为她插管。他们坚持要这样做——我母亲的"拒绝心肺复苏"表格存放在哥哥家的保险柜里——但哥哥态度坚决，甚至掏出了自己的医院证件摆起了架子。他不会让他们侵犯母亲。哥哥告诉他们，她显然已经走了。

来到急诊室，我被带到了一个用窗帘隔开的地方。拉吉夫、哈温德和父亲都陪坐在母亲身旁。她躺在轮床上，身上盖着一条紫色的毯子。她涂着红色的指甲油，额头的眉心上点着表示她已婚的红点。父亲肿着脸坐在担架旁边的凳子上，双臂搭在她的身体上，头枕在她的胳膊上。他抚摸着她的手，按摩着她的脚。他让拉吉夫为他们拍最后一张合影，"留作纪念"。但我的哥哥自己也已情绪崩溃，不肯拍。于是我拍下了照片。父亲紧握着母亲的手，母亲骨瘦如柴，两人之间的空隙间摆着一盒红色的纸巾。她的嘴张着。父亲问我，葬礼上他们会不会把她的嘴合上。"她好美。"说到这里，他也崩溃了。

在接下来那些阴雨蒙蒙、平淡无奇的日子里，有太多的事情要做——通知亲朋好友、接待客人、安排葬礼和火化——几乎没有时间悲伤。安排好这一切，我也被悲痛之情击垮了。它会周期性地退去，只为了再次袭击我。两年前，在朋友母亲的葬礼上，一位同事曾对我说："在父母去世之前，你永远不会真正长大。"现在我终于明白了他的意思。他的意思是，只要你的父母还活着，就总有人把你当成孩子看待。我小的时候，妈妈曾经给我讲过一个印度神话，说的是一个男人被许诺了全世界无尽的财富，只要他把自己的妈妈淹死。到了河边，当他要把母亲浸入冰冷的河水中时，母亲哀求道："不要下水，儿子！你会感冒的。"

葬礼那天下着雨。这家殡仪馆是长岛上仅有的两座带有火葬场的殡仪馆之一，位于希克斯维尔以东约20英里的朗孔科马镇一块不大的土地上。街对面就是商业街。那天早上，我和父亲赶到时,淅沥的小雨落在车的风挡玻璃上。树梢笼罩在棉絮般的雾气中。我们下车前,他开口说道:"这一天终于来了。"

会客厅里,母亲的灵柩摆在白色的花束中间,在乳白色的灯光下闪闪发光。她穿着最喜欢的丝绸纱丽卡米兹。棺材里放着我在她哭泣的那个晚上在客房里找到的那条毯子。"一切都会过去。"三个月前的那一天,父亲曾经说过。此时此刻,我们就来到了这里。

一对患有脑部疾病的父母共同生活、彼此忍耐的荒唐悲剧终于画上了句号。他们的疾病——他的精神疾病,她的肉体疾病——是互补的、相反的,但就像它们的主人一样,这些疾病的结局殊途同归。

整个仪式持续了大约40分钟。祭司吩咐我和哥哥——在我们的坚持下,还加上了妹妹,尽管这不符合传统——重复梵文祷词,并把大米、水和其他东西扔进火中,作为母亲进入来世旅程中的必需品。现场几乎连站着的地方都找不到:几十个朋友从美国各地赶来,尤其是从法戈远道而来,向母亲表达他们的敬意。父亲平静且被动地接待了他们,有时几乎面露喜色。这时,我发现自己在想,他受损的大脑是否也剥夺了他适当悲伤的能力。那一天,我记忆中最痛苦的事情就是把他拉到一边,告诉他要难过,训斥他应该给予这个最大的损失应有的尊重。

仪式结束后,我和拉吉夫、妹夫维尼以及拉吉夫妻子的哥哥高塔姆担任护柩人,把涂了漆的木棺抬出屋后,送往白色瓦片主楼背后的火葬场。我们把棺材放在一台起重机上。伴随祭司嘹亮的诵经声,焚化炉的钢门打开了。焚化炉内,我可以看到蓝色的火焰舔舐着金属格栅。殡仪馆的工作人员把棺材吊离了平台。父亲泣不成声,注视着他们走到炉前,没有再举行任何仪式,就把棺材推进了火焰。

就在他们准备关门时,他突然悲痛欲绝地奔向火炉,被震惊的人群拦住,才没有和我的母亲一起进入火炉中。

第二部

伤疤

8

你想让他像他妈妈一样,被关进带锁的病房吗

母亲的骨灰在我父母的衣柜里放了近两个月。我们无法决定是否要把骨灰撒在印度恒河岸边的赫尔德瓦尔圣水中,或是在长岛海岸外的大西洋里。最后,我们决定不要长途奔波。于是,拉吉夫在希克斯维尔西南约 10 英里的弗里波特订了一艘摩托艇。阵亡将士纪念日刚过的一个晴朗的早晨,我们登船出发,准备把母亲的骨灰撒入大海。祭司在船上打开一只手提箱,整理了我们需要的物品:香、棉球、骨灰盒和一些食物。父亲穿着棕色休闲裤和黄色衬衫,面无表情地看着。他从来都不是特别虔诚的教徒。我希望对他来说,在经历了艰难的两个月和最后这场仪式过后,母亲的去世带来的打击终于可以过去了。

在过去的两个月里,他对母亲去世的反应发生了变化,变得更加自发——"她是个好女人""这是一个巨大的损失"——仿佛创伤的记忆被关于那段记忆的记忆所取代,而这些记忆本身也正在消退。在一年多的时间里,他的生活记忆变得越来越

泛泛，时间和地点都脱节了。他仍然记得某些事实——例如我的母亲怕狗——但已经忘了让他知道这些事情的具体事件。随着年龄的增长，这种从特定记忆到一般记忆的转变十分常见，是海马体的正常变化所致。正如亨利·莫莱森的病例所示，海马体是大脑的一部分，它既需要建立特定记忆，也需要维持特定记忆。例如，老年人可能记得他们小时候经常去露营，却不记得在特定的日期和地点发生的具体经历。对海马体首先受损的阿尔茨海默病患者而言，这个过程往往会被放大。最终，随着疾病扩散到大脑皮层，一般记忆也会逐渐消失。

祭司开始在我和哥哥的头上系上长长的红线，还在我们的眉毛上涂上红色的糨糊，紧接着点燃了浸过油的香烛和棉球。我和拉吉夫用面粉、水和牛奶做了16个甜甜圈洞大小的面团球，把它们放在一只金属盘中，旁边摆上橡子、大米、各种种子和其他供品——包括赫尔德瓦尔的圣水——这些东西应该是我母亲的终极之旅所需的。随着小船顶着海浪疾驰，我的胃里翻江倒海，不得不将腰部紧贴在祭司的桌子上，以免自己摔倒。祭司拧开骨灰盒的盖子。我们将圣水洒在装有我母亲骨灰的塑料袋上，然后打开袋子，倒入更多的水、牛奶以及盘子里的东西。接下来，我们把袋子里的东西悉数倒进一个白色的柳条筐。骨灰是炭灰色的。很难相信，这就是她的肉体所剩的一切。我们把空塑料袋也放进筐里，等待骨灰落定。

小船减慢速度，停了下来。作为家中的长子，拉吉夫获得了抛撒骨灰的殊荣，反正我晕船晕得厉害，无法动手。祭司高声诵经，光秃秃的脑袋在炎炎夏日里闪闪发光。拉吉夫把装有母亲骨灰的柳条筐挂在一根长杆末端的金属钩上。整个过程没有任何仪式或言语，只能听到祭司口中的梵文音节。他俯身靠在船舷上,把柳条筐放入水中。筐子上挂着辅助它下沉的金属重物。父亲坐在栏杆边的长凳上,顶着阳光眯着眼,凝视着筐子沉入水中,里面的东西在淡绿色的水中化作一团浑浊的雾。祭司让我们双手合十祈祷。大家沉默不语地听着他高声吟诵。待他唱完,一名船员用绳子把筐拽起来,拉回了船上。小船掉头朝岸边驶去。

回家的路上,父亲坐的是我的车。我俩都筋疲力尽,我的胃也已经平静下来。我放了贝多芬的第八钢琴奏鸣曲《悲怆》,望向父亲。他静静地盯着前方,听着音乐。我摇下车窗,一阵热风吹来。他沉默了片刻。耳边只有过往车辆发出的尖叫与哀号。他这才开口:"我们这一辈子都在一起。我一直很想念她。"

我带父亲参加了我所在的医院组织的丧亲小组,但他出席了两个疗程就不去了。他告诉我,他和其他参与者没有什么共同之处。但我相信,真正的原因在于,他对继续生活下去没有兴趣,即便是迈出最小的步伐。对他来说,"继续前进"、重新开始、重塑自我明显是美国人的观念,即便是在与他相伴了近51年的忠实伴侣去世之后。那个他曾在过去的一年半里批评过的女人,那个在他威逼下顺从的女人,如今被提升到了神话般的地位。虽然他能记住的事情已然不多,却省略了她退化的最后那几年,只保留了早期更幸福的回忆。那时,她是个一直陪伴在他身边、耐心且谦逊的女子。事实证明,这与我自己对母亲的回忆没有太大的出入。家里的每张桌子、每面墙壁上都有她的照片。它们就在他面前,无论他转向哪里,都可以在看电视时或者漫不经心地挑着保姆哈温德准备的饭菜时看到她微笑的面容。哈温德答应暂时留下来,却无法让他吃饭。

那年的春天是一段寂寞的时光,在母亲去世后伸出援手的朋友和亲戚基本上都已渐行渐远。造成这种情况的部分原因在于,我父亲从来都不擅长社交。作为妻子待人亲和的受益者,他几乎没有做过什么来增进友谊或纠正自己的错误。我母亲去世时,他似乎也死去了,至少在人们的心里是这样的。他缺乏社交礼仪,这一点也派不上什么用场。他做事的方式总是不对:晚上割草坪,吵醒邻居;还会在低调的社交聚会上提出克什米尔分离主义等有争议的话题。我们小的时候,他常用吉列的剃须刀片给我们修剪指甲,痛苦地扭动我们的手指,以免将其划破。只要能剪好指甲,我们再怎么抗议对父亲来说都不重要。这在某种程度上概括了他的个性:纪律严明,不多愁善感,只专注于手头的任务。

母亲曾经亲切地说他"笨手笨脚"。但她走后,世界上的其他人就没那么宽容了。作为一名鳏夫,父亲发现自己大多数时间都是孤身一人。他会看印度电视,短暂地散个步,经常小睡。我每周会带他出去吃一顿午餐或晚餐,每个月还会带他去参加孩子们的学校活动。但失去了母亲的陪伴,这些外出活动就不那么具有吸引力了。有些时候,他似乎根本不会把它们记在心上。记得那年 5 月的一个晚上,大约在我母亲葬礼结束的六星期后,我带父亲去看皮娅的春季音乐会。音乐会结束回来,我们正要去他的卧室,他却拦住我问我皮娅的音乐会是什么时候。他很期待。

不幸的是,父亲在生物伦理学家斯蒂芬·波斯特等人所说的"超认知世界"中出现了认知障碍。在这个充斥着信息的世界里,我们将智力与理性作为主要的美德。如果你不具备这些美德,就会被边缘化。如果你不能跟上或加入无休止的谈话中,就会被忽视。"我们生活在一个理性主义和资本主义的文化中。"波斯特在《阿尔茨海默病的道德挑战》中写道,"所以头脑的清晰与经济生产力决定了人类生命的价值。"作家肯特·罗素也写道:"世界转得越来越快,直到那些曾经归属其中的人被分离出来,就像离心机里的沉淀物一样。"这就是我父亲的大脑退化时的遭遇。他无法维系友谊,无法遵守社会暗示,也无法在共同的历史中建立联系。他对外界来说,在很大程度上是隐形的。

正如我们所提到的,英国社会心理学家汤姆·基特伍德在文章中提过"恶性"社会环境。这种环境通过隐性信息或显性忽视,削弱了受损者的人格。这样的环境在普遍推崇独立和个人主义的西方文化中十分常见,但在其他似乎更尊重老年人的文化中同样也存在。例如,在一些非洲国家,痴呆症被归咎于巫术。那些患有痴呆症的人可能会被避开或受到迫害。在哥伦比亚,这种情况被称为"LaBobera"或"愚蠢",通常被归咎于预兆或其他迷信原因。在中国,阿尔茨海默病的名字曾大致翻译为"老年智力障碍"或"大脑退化"疾病。在这样一个世界里,患有痴呆症意味着会遭到谴责。

可悲的是,社会孤立往往会导致患者的认知能力加速下降。母亲去世几个月后,我在《普通精神病学档案》上读到了一篇发表于 2007 年的论文,题为《孤独与阿尔茨海默病的风险》。论文针对 823 名最初没有痴呆症的人进行了研究,他们是从芝加哥及其周边的教堂、社会服务机构和老年人机构招募而来的。为了评估他们的孤独程度,研究人员要求参与者填写一份五个问题的调查问卷,对诸如"我想念有人在身边""我经常感觉被抛弃"和"我想念有一个真正的好朋友"等陈述表示是否赞同。

研究人员还通过其他方式对参与者进行了评估:他们与社

交网络互动的频率，他们参与锻炼或阅读等认知刺激活动的频率，他们自称感到悲伤或抑郁的频率。他们的认知功能由训练有素的精神科医生定期评估。去世者将接受尸检，以评估脑损伤程度，包括中风、淀粉样斑块和Tau蛋白缠结。

研究人员发现，在76名患有阿尔茨海默病的研究对象中，即使能够控制认知和身体活动，最孤独的人患病的风险是那些拥有最多社会支持的人的两倍。这种关联并不取决于种族、收入、残疾水平或血管风险因素的存在。研究人员得出结论，神经病理学并不是临床阿尔茨海默病的唯一驱动因素。

当然，这项研究也存在局限性：参与者主要是白人，而且平均观察时间只有三年。但结论是不可避免的：比较频繁的社交活动能够相对降低罹患痴呆症的风险。

与这些发现一致，我发现尸检研究表明，脑损伤（即斑块或缠结的体积）和临床痴呆的程度并不像人们想象中那样密切相关。有些患者只有少量的脑损伤，却经常出现与其神经损伤不成比例的"过度残疾"；反之亦然，某些存在大量斑块和缠结的病人认知水平可能出奇地完好。存在这种差异的解释被称为"认知储备"，即更高的教育水平、先前的智力等。但"社会心理储备"——人际关系、周边环境和家庭支持的关键作用很少被承认。研究表明，这些因素和神经病理一样重要。

母亲去世后，父亲所经历的那种孤独被认为是特别有害的。在《美国医学协会杂志》2020年发表的一篇论文中，哈佛老年人大脑研究小组对257名认知能力未受损的男性和女性进行了研究。通过PET扫描测量，他们的大脑中有高密度的β-淀粉样斑块。在调整了年龄、性别、社会经济地位和淀粉样蛋白水平等因素后，他们发现，在三年的时间里，丧偶的参与者智力衰退的速度比没有丧偶的类似人群快了三倍。不仅如此，基线淀粉样蛋白斑块水平最高的丧偶参与者的衰退趋势最剧烈，表明丧偶和β-淀粉样蛋白结合可能会加剧认知障碍的风险。

事实上，我们知道失去配偶和社交孤立造成的慢性压力会严重损害大脑功能。例如，海马体对皮质醇（一种压力激素）特别敏感：高水平的皮质醇既会干扰短期记忆，也会干扰短期记忆转化为长期存储。事实证明，反复接触应激激素会导致大鼠和人类的海马体与前额皮质（用于控制工作记忆）萎缩和瘢痕化。这样的压力也可能导致神经炎症以及斑块和神经缠结。

这一切都是为了说明，父亲的社交孤立可能不仅仅是痴呆症的结果，也是其原因之一。连接生物学和社会心理学的途径是双向的。心理状态可能反映脑损伤，但也可能导致脑损伤。

可悲的是，导致我父亲变得孤立的恶性社会心理状态也来自他的家庭。我希望我能说，我们比外面的世界更有耐心，但事实并非如此。他如同涂鸦画板的思想将他困在了永恒的当下——也将他的孩子困在了永恒的挫败当中。我希望我能忘记，面对他的提问，我们是如何责备他的，说他反正也记不住答案，所以说不说都毫无意义。有时我和兄弟姐妹谈起他时，就好像他并不存在。"他很无助""他不会记得的""他现在就像个孩子"。我们会当着他的面说出这些话，有时甚至是对着他说。没有什么能阻止我们，就算我们事后一次又一次地感到懊悔。我们知道父亲不仅仅是一个大脑受损的人。我们知道这一点，却很难相信。

那年7月的一个早晨，大约是我母亲去世三个月后，全家人聚在家中。前一周，苏尼塔从明尼阿波利斯飞过来，准备考察生活辅助机构。她说她想为父亲制订一个长期护理计划。母亲曾经的护工哈温德暂时留了下来,但她还能待多久?她的丈夫患有糖尿病和肾病,大家庭都在印度。

哈温德是一个身材圆润、性情开朗的女子。她来美国工作是为了给家里寄钱。和许多来自南亚的工薪妇女一样,她选择了照顾老人,这反映了该领域对工人的巨大需求,也反映了她的文化,即对长辈的关心与尊重。但我妹妹担心的是,哈温德回到印度后会发生什么。要是我们找不到合适的帮手,父亲该何去何从?这就是她要来解决的一些问题。

那天早上,哈温德在厨房里做早餐,我在餐桌旁整理父亲的一堆旧文件。几星期以来,我一直想把他积攒下来的无数已经无用的文件和纪念品扔掉——我常常愤愤不平地想,这都是母亲在整个婚姻生活中不得不忍受的负担。这些在我看来杂乱无章的东西象征着他受损的大脑。我觉得我们需要摆脱它,给他(和我们)一个新的开始。

"你的账单现在都由拉吉夫支付了。"我举起一张旧的电话收据说,"你可以把这个扔了。"

"留着吧。"父亲吼道,试图把我手中的那张纸拍掉。

"让他丢了吧,爸爸。"苏尼塔意识到我这次不打算让步,恳求道。

如果哈温德没有从厨房急匆匆地赶过来,把父亲领到楼上去晨间小睡,我们肯定会大吵一场。

父亲走后,我赶紧把垃圾袋填满,指望他醒来后会忘记那堆东西曾经摆在那里。在我扔掉的文件中,有旧的银行对账单、旧的信用卡账单、报纸文章的复印件,以及可以在网上找到的20世纪50年代的再版科学著作。在某种程度上,看着这么多能够衡量他人生的剪报与复印件消失，令人感到难过。曼德拉、甘地、马丁·路德·金；爱因斯坦、克里克和芭芭拉·麦克林托克；弗雷德里克·道格拉斯和拉宾德拉纳特·泰戈尔——我父亲的政治、知识和文化英雄——他们的档案，很快就从白色塑料袋里戳了出来。我曾计划在他去世后再清理他的文件，但我现在感觉他已经不在了。

收拾完桌子的一部分，我去了父亲的书房——这所房子里他已经很少再进的一个房间。我仿佛还能看到，母亲来恳求他吃晚饭时，他蹲在散发着橡胶水泥臭味的书桌前，煞费苦心地为他的专著论文准备一个数值。（母亲总是说，写书不会有什么好事或实质性的结果。）胶木桌子上摆放着各式各样的重印书和显微照片。在某个文件柜里，我发现了更多几十年前的科威尔·班克银行对账单、他曾经拥有的一处小房产的驱逐通知、更多的旧文件和旧账单，以及他于1969年在《印度斯坦时报》上发表的一篇关于生物学未来的文章的复印件。在一个标着"回忆"的文件夹里，我找到了一些笔记，可以追溯到2014年前后，也就是他退休的那一年。这些笔记是他写给自己的，里面提到的都是他认识的人——"很久以前就退休了""还住在密歇根的同一所房子里""11月的盗窃案"——字迹越来越歪歪斜斜。联系信息也越来越多，一份接一份地放在一个又一个文件夹里，仿佛他一直拼命想要留住这些信息，却忘记了自己保存了什么。所有多余的复印件都被丢进了垃圾桶。

看到他保留的这些事无巨细的记录，着实令人吃惊。他的每一次谈话，即便是最微不足道的内容，都被他亲笔记录了下来。其中的一封信是他在1972年第一张驾照的签发函。他这些年来向印度孤儿院捐款的收据、打印出来的他最喜欢的语录（还有这些文件的复印件）也留存着。打印出来的报纸足够填满一座图书馆。他似乎对怀孕的小甜甜布兰妮特别着迷。

还有大量的信件。其中大部分科学信函都是社交性质的，例如，安排与同事在会议上会面，或者祝贺他们的成就（同时提醒他们，他也小有成就）。还有许多内容更加严肃的信件被收集在用红色线条标记的文件夹里，标题是"外国科学家的剥削""知识奴役"和"全国有色人种协进会/均等就业机会委员会"。其中一封信写于1980年，也就是我们抵达美国三年后。写信的印度科学家鼓励我的父亲与剥夺他终身职位的不公平制度做斗争："普雷姆，我们之前讨论过这个问题，我想重申一遍：我们必须为自己的权利斗争，无畏地斗争。他们说，懦弱的心永远无法赢得美人归，这句话也适用于我们的处境——除非我们全力以赴，否则什么也无法实现。"

另一封信是写给我母亲的，寄信人是一位名叫凯西的科学家，父亲在伯克利休假研究期间曾与她共事。

自从你们来到这个国家、渴望融入，就值得拥有更多的东西。当然，美国是我的家园，我爱她。这是一个幅员辽阔的多元化国家，在很多方面都令人惊异和赞叹。我们有一部不同凡响的宪法，是由富有远见、智慧和人性的普通人起草的。然而，偏见、偏执、恐惧、贫穷和无知往往使这个国家黯然失色，让她失去了活力和希望。

我衷心希望（普雷姆的新工作）将是一段幸福且富有成效的未来的开端。希望普雷姆能得到应有的支持与认可。普雷姆的坚持与决心、骄傲与诚实，都与众不同。我确信，这些加上一个充满爱的家庭的奉献与支持，会给他带去继续前行的勇气。

尽管如此,我今天看到他时,他似乎情绪低落、十分悲伤。我不知道这是对天下没有不散的筵席感到悲哀(无论未来多么光明),还是悔恨的悲哀——后悔失去的时光,后悔不得不应对那些剥削他、虐待他的人。自从普雷姆得知他没有得到我们以为他唾手可得的(另一个)职位以来,我就再也没有听到过他无拘无束、兴高采烈的笑声了。希望到了周一,他又能恢复往常的乐观。

这些文字让我回想起父亲在职场上的奋斗是如何决定了我们成长过程中的家庭氛围。我们离开印度是为了推进他的学术事业,但在美国,他从未取得过他自认为应得的成就。他认为,种族主义的大学终身职位制度多年来一直将他拒之门外,迫使他接受没有长期稳定的博士后职位。他痛苦不堪,与专业同事不断发生冲突。他学会了像对待伊索寓言一样对待生活中的难题,还养成了把生活中的问题提炼成简单格言的习惯。这些格言涉及信仰、坚持和工作的价值——布克·T.华盛顿的理念。

他总是说"最幸福的人不一定拥有最好的一切;他们只是充分利用了自己所拥有的一切",或者"衡量一个人是否成功,与其说是看他在生活中达到了什么地位,不如说是看他必须克服什么障碍",抑或是"工作就是拜神",或者"掉进水里淹不死人,待在水里才会淹死人",还有"我是个极其相信运气的人。我发现我工作得越努力,就越有运气"。有时他还会曲解格言,比如他会说"不要中途改换策略"。他坚信专注与决心。全职担任博士后期间,他在卧室里写了他的第一本教科书,里面堆满了科学论文和光学显微镜照片。而且他相信思想是可塑的,满足是一种心态。他卧室的墙壁上一直挂着朗费罗那首鼓舞人心的诗《圣奥古斯丁的梯子》。在他如今已经废弃的书房里，我又在成堆的文件中找到了这首诗，而且还是好几份：

> 伟人所能达到并保持的高度，
> 并非一蹴而就。
> 他们在同伴睡觉时，
> 还在努力地攀登。

在书桌的一只抽屉里，我发现了几个柯达信封里装着一些旧照片。其中有一张黑白照片，是我父母年轻时的照片，可能是二人新婚时在田野里拍摄的。那是个山间车站，很有可能是在印度北部。他们轻轻地亲吻着彼此。这是一个奇怪的场景：一生中，我只见过他们嘴对嘴地亲吻过一次。因为他们站在一个斜坡上，所以穿着休闲裤和运动夹克的父亲看起来矮得令人难以置信。他弯下腰，触碰着母亲的嘴唇。母亲穿着一件纱丽卡米兹和一件轻薄的开襟羊毛衫，宛若宝莱坞老电影里的新娘那般娴静、端庄。周围的景象荒凉而贫瘠。除了远处有个小谷仓外，没有任何生命的迹象。我凝视着照片，心里想着：它的拍摄者会是谁呢？

还有一张照片，可能是因为曝光过度，或者是岁月的流逝而褪去了颜色。照片中，我们这些孩子在肯塔基州的一间小屋外玩雪——我们是1977年1月抵达美国后搬进去的。哥哥穿着T恤衫、棕色夹克和运动鞋，酷酷地站在结冰的车道边。我捧着一个雪球跟在他的身后。4岁的妹妹穿着红色的冬衣，被我们滑稽的动作逗得咯咯直笑。妈妈坐在车道上的车子里，副驾驶座旁的车门开着，她可能在责骂我们的恶作剧。这张照片让我回忆起了往事，但也觉得有些奇怪。我突然意识到：这个画面是颠倒的。车道不是在另一边吗？

我对那座房子的记忆大部分都是我们被大雪困住的情景。那一年，肯塔基州的冬天特别难熬。我和妹妹共用一间卧室，拉吉夫睡在餐厅里的一张折叠床上，旁边是一排叮当作响的暖气片。他大多数晚上都抱着晶体管收音机，一边收听肯塔基大学的篮球比赛一边打盹。我们吃饭的地方是一张破旧的木桌。我和拉吉夫会用两支铅笔将麻绳网固定在桌面上，用它兼做乒乓球桌。罕见的几次接到印度打来的电话时，母亲总会不由自主地掉眼泪，确信她将收到父母之一去世的消息。屋里总是很冷，但我不记得我们对此有过怨言。我们相信父亲的话，他说卡特总统要求市民在晚上把恒温器的温度调低到55华氏度（约为12.8摄氏度），以缓解能源危机。

第二年春天，在屋后那半英亩肥沃的土地上，父亲种上了生菜、红辣椒和红番茄，并插上了塑料标签。沿着我们家与邻居之间的木栅栏，他还种了些青豆和黄瓜。菜苗在破旧的栅栏上疯狂地蔓延，像是在试图寻找出路。他还种了甜菜和茄子，直到花园被植物淹没，卷须吞噬了剩余的草坪。

傍晚时分，我们会并肩站在一起给植物浇水。我为能和他在一起、被他选中的人是我而不是哥哥感到自豪。浇完水，我会把水管对准天空，等待冰冷的水珠穿透我汗湿的皮肤，引来令人愉悦的寒战。父亲大喊着让我停止这种愚蠢的行为。

那年的许多记忆都围绕着那个后院。院子里有一台割草机，它的引擎在我的大腿上留下了一块硬币大小的烧伤。还有一个小木棚，里面放着铁锹、园艺工具和各种生锈的破铜烂铁。院子中央栽着一棵高大的橡树，树上挂着一架轮胎秋千。我至今还能想象父亲坐在那棵树下的草坪椅上预测那年秋天的收成有多丰厚。他的手指上沾着泥土，冰凉的啤酒瓶上挂着水珠。

他是对的。妈妈冷冻的蔬菜足够我们吃上一整个秋冬。开学后，父亲每天早上都会陪我去公交车站，就像他在新德里时一样。后来下雪了，我们还会在草坪上打雪仗。

很难相信，我至今还记得近50年前的这么多细节。透过厨房的窗户，能看到花园吗？窗户上真的挂着带褶边的白色窗帘吗？心理学家说，记忆的构建涉及两种对立原则之间的矛盾。"对应性"原则会试图迫使我们的记忆与经历的原始事件保持一致。这就是大多数人对记忆的看法：它是过去发生的事情的真实再现。另一方面，"连贯性"原则会改变我们的记忆，使它们与我们如今看待自己和世界的方式保持一致。通过连贯性，记忆得以重建，以支持我们当前的价值观或信仰。这些信仰可能无法让我们看到事情真实发生的样子。厨房的窗帘现在是白色的,可能是为了呼应我45年后对全家刚落地美国那一年的怀念。因此,自传式记忆涉及两种相互冲突的力量之间的平衡,一种旨在按照过去的原貌再现过去,另一种旨在以我们今天所需要看到的方式重构过去。

"他上个星期快把我逼疯了。"哥哥说。我坐在桌旁抬起头,手里整理着家中的老照片。"他先是指责我偷了妈妈的珠宝,然后失踪了,一个人跑去H&Y市场,还迷路了。哈温德吓得不轻。后来,他把浴室的门从外面锁上了,害得我不得不过跑过来开门。他的电脑死机了两次,我也得过来帮忙。完全是折磨。"

"我在想,我们是否应该请他的邻居帮忙处理这些问题,告诉他我们会按时长付费给他。"我说。

"桑迪普,爸爸连你帮他做事都觉得不舒服,对别人会怎么想呢?他只会打电话给我。老实说,我已经累了。"

"所以,别让自己那么容易被利用。"我答道,对哥哥典型的自怨自艾感到恼火。

"我试过了。"拉吉夫回答,"可他不停地给我打电话。晚上9点钟,我不得不赶过来,就因为他无法查看电子邮件,我只需要点击一下就可以设置好。他忘了密码是'Raj'。可他不但不感激,还指责我弄坏了他的电子邮件账户。"

"好吧,别太往心里去。"我团起一张纸,"他有痴呆症。"

"就算他有痴呆症,也不代表他能像个浑蛋一样做事。"哥哥反驳道。哈温德提着一篮刚洗好的衣服从地下室走上来,转身上楼去叠衣服。

"这么说我很难过,但他需要另一种照顾。"妹妹说,"不是仅靠在'海外印度'网站上通过广告找一些当地女性来照顾他。"

在过去的一周里,苏尼塔一直在考察辅助生活机构。她喜欢的一家名叫阿特里亚的养老院位于附近的格伦湾,那里拥有一系列令人印象深刻的设施:一居室和两居室公寓、一家电影院和一间游戏室,场地内还开设了一家美发沙龙。护士二十四小时值班。除了准备好的饭菜,他们还提供家政服务。不过,那里费用很高,妹妹想要的服务一个月大约要花费9000美元,而且由于父亲没有长期护理保险,我们不得不自掏腰包。好在他有积蓄,还有政府的养老金,可以负担大部分开销。妹妹告诉我们,剩下的部分将由我们三个人分摊。

"我认为这是最好的选择。"看着我在另一堆文件中挑挑拣拣,她说道,"上周我算账时才意识到,我没有把晚上陪夜的费用算进去,如果哈温德只愿意白天工作,我们最终还是得找人晚上陪他。"她粗略地算了一下。按照每晚150美元计算,夜间帮工的费用约为每个月4500美元。我们按照每天130美元、每周工作6天来给哈温德支付工钱。如果她同意每周工作7天、每天工作24小时,那么每月支付给她的私人护理费用大约是8400美元,食物和小费另算。"这花费和去辅助生活机构差不多。"妹妹总结道,"我的意思是,如果我漏算了什么,请告诉我。"

"我认为钱的问题不用担心。"拉吉夫回答,"爸爸应该在人生的最后阶段活得轻松舒适。"

"这算舒适?"我讽刺地说,"你想让他和他的妈妈一样,关进带锁的病房?"

"当然不是。"妹妹喊道。"但这些……"她挥舞着手臂,

"不是解决问题的方法。一旦哈温德离开,我们就得另找他人。万一那个人走了,我们又会再次陷入同样的困境。"

"她说得对。"拉吉夫附和道,"我们找过的人里有四个都只待了不到一天。"

"如果父亲去了养老院,我们就再也不用担心有人会离开了。"苏尼塔继续说,"当然,费用会多一点,但如果我们态度坚定,我相信我们能说服他。"她的眼睛疯狂地在房间里扫视。

"他需要印度菜。"我脱口而出。

"去他的印度菜。"妹妹答道,"哪个更重要,印度菜还是安心?你们可以每周给他送两次印度菜。"

我拿起装满的垃圾袋,走向前门。

"听着,我再过几天就要走了。"苏尼塔说,"我想在走之前解决这个问题。我看哈温德短期之内不会离开,但我们应该做出决定了。要是她走了,我们该拿爸爸怎么办?要是他的记忆力变差了,我们又该怎么办?有个计划总不会有什么坏处。"

我打开前门。那是一个炎热的日子。庆祝美国独立日的几面国旗还在飘扬,但在沉闷、寂静的空气中没有任何动静。我把垃圾袋拖到路边,扔在人行道边的草地上堆成一堆,然后从短裤口袋里掏出阿特里亚养老院的宣传册和院长的名片,把它们塞进其中一个袋子里,钻进了汽车。那是一个漫长的早晨。剩下的清理工作我改天再做吧。

9

她告诉我,她愿意无偿工作

那年秋天,我去荷兰参加读书分享会,途中去了位于阿姆斯特丹东南约 10 英里处的韦斯普小镇,参观一家养老院。这家名为霍格威的养老院在 2009 年开业时,开创了一种新的痴呆症护理模式。它被建成了一个"痴呆症村",共有 150 多位居民,其中大多数人处于晚期,需要全天候的照料。他们可以自由地在村子里漫步,只不过始终处在摄像头和护理人员的监视下。在过去的十年间,类似的机构如雨后春笋般出现在法国、加拿大和美国。虽然我不希望父亲很快搬去养老院,但我想更多地了解新的辅助生活机构能够提供什么服务。

从韦斯普的火车站出发,我在这座寂静的小镇里步行了大约一英里,经过了住人很实用的公寓楼和运河边带码头的豪宅。那是一个寒冷而荒凉的日子。一个男人静静地在花园里干活,耳边唯一能够听到的人声是幼儿园孩子们玩耍的声音。

利奥在养老院的入口处迎接了我。他是霍格威的创始人之一,也是这里的一名高级顾问。这个50岁出头、长相英俊、一脸诚挚的男人那天穿了一套灰色的西装,打扮得十分利落。他带我在村子里快步走了一圈,穿过主要街道和一个巨大的庭院("城镇广场"),再经过喷泉,进入了一个室内购物中心。我们找了家咖啡馆坐下来聊天。音响里播放着轻柔的爵士音乐。利奥为自己点了苏打水,为我点了健怡可乐。"每天都不一样。"在我凝视着窗外空荡荡的人行道时,他开口说道,"昨天这里到处都是人。今天很冷,人们都待在屋里。"

他告诉我,村里的居民住在23间独立的房子里,每栋房子住6~7人。每户都有一个训练有素的看门人。他说:"我们想要某种家庭结构,因为这正是人类想要的生活方式:和志趣相投、思维相近的人生活在一起。"他和联合创始人曾扪心自问,如果是自己的父母得了痴呆症、需要长期护理,他们会希望父母得到些什么。答案是:希望他们的父母能和志趣相投的同伴建立友谊的家园。"房子是一个可识别的系统。"他告诉我,"不像痴呆症病房,人们在同一把椅子上一坐就是好几小时。"

我不禁想起法戈的伊利姆康复与护理中心的病房。我的祖母,我的玛吉塔(家里人都叫她玛雅),在那里度过了生命中的最后两年,直到去世。玛塔吉是一个果敢坚毅的女人,45岁守寡,之后就一直统领着家庭(还有她的儿媳、我的母亲),直到她失去理智。我们过去常去她位于一楼的痴呆症病房探望。那里是她最后的家。她会弯着腰坐在轮椅里,头上围着一条薄薄的白围巾,半梦半醒中用细长的手指转动着念珠,嘴里喃喃祈祷。我讨厌那个地方:瓷砖地板,令人作呕的消毒液气味,人们被强行喂食药膳布丁时发出的哭喊。到处都散发着屎味和绝望的气息。但我父母每天都会过去,为玛塔吉和其他不幸的房客送去水果,以恩人自居,营造欢乐的氛围。我父母是在尊老敬老的文化中长大的——或者认为老人们至少不应该被关在痴呆症的病房里——他们喜欢有老人做伴,尽管既讽刺又悲哀的是,我父亲似乎总是忘记,玛吉塔人生最后的时光是在养老院里度过的。

利奥告诉我,霍格威所在的位置曾经是一家疗养院,他曾是那家疗养院的经理。如今的霍格威养老院基本上就建在原先这片4英亩的土地上。(疗养院后来被拆除了。)虽然设施先进,但这家新养老院的运营预算与荷兰任何一家传统养老院基本相同:每人每月约6000欧元,其中大部分由荷兰政府补贴。"每个病人6000欧元?"我问。"每位'居民'。"利奥纠正道。他强调说,这些费用的用途有所不同。"同样的钱可以做更多的事情。"他表示。

居民在分配住房之前会和家人一起接受采访,以便院方了解他们的生活方式、习惯、价值观以及对未来生活的期许。"我们想要了解你的背景,还有你喜欢的生活方式。"利奥上下打着手势,以传达一种平衡感,"是喜欢荷兰菜还是国际美食?想看本地新闻还是世界新闻?我们会提供选择。"

这里推崇一种名为"回忆疗法"的痴呆症护理模式,试图重现人们在失去记忆之前熟悉的日常生活。该理念通过调整村镇建筑和环境来反映居民年轻时习惯的生活方式。自传式记忆的一个普遍特征是"回忆凸起",即对10岁至30岁之间发生的事件记忆深刻。这通常是一个人一生中最具影响力的时期。这些年份中发生的里程碑式事件——上学、独立自主、结婚成家——通常会被人们铭记,即便是患有痴呆症的人也能记住。这些记忆以及记忆形成的环境可以被用来维持一个人的认同感。

村子里的建筑曾经能够代表七种不同的生活方式，如今只剩下四种，价格都一样。"高级资产阶级"住宅中的住户往往是上层阶级或富裕阶层，礼仪更加得体，经常晚睡，很晚才起床。这里时常播放古典音乐，菜肴也更偏法式，而不是传统的荷兰菜。相比之下，"城镇"住宅里的音乐更加现代，墙壁可能被漆成俗气的粉红色，居民们通常更喜欢啤酒而非葡萄酒。"手艺人"的生活方式适合那些曾经做过劳工或在小型家庭企业或农场上工作的居民。他们往往起床较早，和在田地里劳作时一样。屋里的装饰十分朴素，居民们喜欢民间音乐，饮食也很传统，吃很多土豆，没有什么太多外来的东西。"文化"住宅的生活方式是为那些曾经热爱旅行、对艺术和音乐有浓厚兴趣（或者可能仍然有这种兴趣）的居民设计的。

白天，居民们可以像在任何社区里生活一样四处闲逛，由超市和发廊的护工、花园管理员等250多名员工来看顾。他们可以去酒吧喝杯啤酒，坐在池塘边的长凳上看鸭子或路人。如果他们迷路了，周围总会有人帮他们回家。（只有一扇门能够进出养老院。）利奥告诉我，创始人相信，人们愿意用自由来换取一些安全感，这是老年人护理中令人担忧的一种权衡。"有人会问，'要是他们爬过栏杆掉进喷泉里怎么办？'"他嘲讽地说道，"嗯，痴呆症患者并不笨。他们不会爬过栅栏跳进池塘。"

虽然居民们有时会参加特殊的一日游，前往购物中心或附近的城镇，但一天中的大部分时间通常都是围绕准备和享用晚餐展开的。居民们可以陪看门人去超市买食材，也可以帮忙准备饭菜、搅拌酱汁、切切蔬菜等——只要他们愿意并且有能力去做。或者，他们也可以像在任何普通家庭中一样，坐下来享受备餐时的香味。护工们都接受过至少三年的痴呆症和老年病学专业培训,在完成普通家庭工作的同时,也会努力让居民们保持忙碌。

我在聊天时注意到,一位穿着灰色宽松长裤和深灰色外套的老妇人独自坐在附近的一张桌旁。利奥告诉我,老妇人来自塞内加尔,自从她的丈夫(也是霍格威曾经的居民)最近去世后,她就经常独自来咖啡馆坐坐。离开的路上,我们在她的桌旁停下脚步,打了声招呼。"去问她几个问题吧。"利奥鼓励我。女子蓬乱的白发如同蒲公英一般。我问她在霍格威住了多久,却被利奥立刻打断了。"这可能是个很难回答的问题。"他带着一丝责备的语气说道,"时间是一件棘手的事情。"相反,他以一种开放的方式问她过得怎么样。她含糊其词地回答了他的问题,讲了一个关于鸡的故事(我猜是这样的)。也许她小时候在西非和鸡一起生活过。利奥耐心地听着,频频点头。我们离开后,我问他那个女人说的是什么意思。"我不知道。"他回答。

我们又去走了走。天色已近黄昏,空气很冷。我们经过读书会,短暂钻进莫扎特房,看了看镀金的镜子、古典家具和乐器。村里的设施非常好,但我不知道这里的居民能否欣赏这座城镇努力创造——或者更加确切地说,是重新创造——的生活方式。利奥和其他人信奉的医疗模式会不会被他们试图控制的疾病破坏?去参观那天之前,我在网上看到了一些抱怨,说霍格威的设施和一个正常的村庄一样,通常距离住宅很远,对行动不便的居民来说很难到达。如果这是真的,那么这个设施是否就是一种"波将金村",主要是为了方便护理人员或来访的亲属,而不是为了被委托照顾的居民?

毫不奇怪地,利奥对我的问题表示了异议。"这话不假。"他陪我走到出口时说。他坚持表示,村民们会在力所能及的范围内参与城镇里的活动。当然,有些人无法离开自己的家,他们很可能命不久矣。

我追问,那些精心设计的住宅和假扮园丁的护理员呢?这一切难道不就像电影《楚门的世界》里的布景一样吗?目的是让居民们相信一些不真实的事情:他们在"家"里,实际上他们离家十分遥远,再也回不去了。

"这不是撒谎。"利奥回答,"这叫作治疗性欺骗,是治疗痴呆症的方式。"

他接着说:"如果一个居民要见她的女儿,而你知道女儿不会来,就可以说:'她几小时后就来。'"他解释称,与其一次又一次地试图改变病人的观点,还不如证实其观点。如果一个居民想回家,而你知道这是不可能的,那么最好分散他的注意力,即便这意味着让他在'公交车站'等待,直到他等累了,忘了自己在等些什么。

"这么做是出于人道主义。"利奥表示,就像告诉孩子们圣诞老人存在一样。"这算是撒谎吗?"他反问道,"当然不是。"他还提到了当时的美国总统。"特朗普生活在他自己的现实中,我们已经接受了这一点。对待精神错乱的病人,我们为什么不能拿出些耐心和包容呢?"

等我回到阿姆斯特丹中央车站时,已经很晚了,我也累了。我在一家咖啡馆门前停下脚步,抽了根烟,然后向酒店走去。那晚的水道波光粼粼。一年一度的冬季灯光节正在上演,华丽的彩灯照亮了运河。我在迷宫般的鹅卵石街道上漫步,迷失了方向。街道蜿蜒曲折,以奇怪的角度交会。我竭尽全力,却还是想不起它们是如何连接在一起的,也想不起我刚才去过哪里。转过一个弯,我发现自己来到了地图上一个我不记得自己到过的地方，搞不清推理的疏漏在哪里。于是我在街上随便拦下几个人，寻求帮助——虽然处在晕头转向的状态中，但我清楚地明白其中的讽刺。我会请路人重复他们说过的话，一转头却忘得一干二净，不得已又拦下另一个人。差不多过了一小时，我终于回到了酒店。不得不说，沿途的灯光、绘画、玻璃雕塑都很壮观。

几年前，英国阿尔茨海默病协会就"治疗性欺骗"（也被称为"认可疗法"）发表了以下声明："我们很难理解，系统地欺骗痴呆症患者，如何能够成为真实信任关系的一部分。在这种关系中，患者的声音可以被听到，他们的权利可以得到促进。"我们兄妹间经常就因为这个话题产生冲突。他们比我更加务实，对于使用欺骗的手段来帮助父亲（和他们自己）度过情绪暴躁的时期没有任何顾虑。他们会说他爱听的话。对他们来说，如果说出真相会让他不安，那么就不值得。

但我反对这种做法。对我来说，即使是在父亲虚弱的状态下，与父亲之间建立健康的关系，也只能以真相与信任为基础。小小的谎言，即便是出于好意，也会侵蚀我们与他仅存的一点联系。当然，我明白哥哥和妹妹的动机。母亲去世后，照顾父亲的过程中遇到的最大问题不在于他的失忆或重复的提问，而在于他的行为：发怒、辱骂，有时还有暴力行径。正如我们提到的，人类负责处理情绪的杏仁核与海马体只有几毫米的距离。一个区域的疾病会迅速传播至另一个区域，因此痴呆症经常伴随着与触发它们的事件不成比例的情绪爆发。谎言与欺骗是应对这种紧张时刻的捷径。当我的父亲已经几乎无法分辨真假，也记不住自己说过的话时，谎言又意味着什么呢？

我仍然相信，无论是在道德层面还是在实践层面上，说谎都不是与父亲相处的上好策略。他已经患上了偏执妄想的毛病，会指责我们对他不坦诚。他还相信拉吉夫在偷窃他的钱财。如果我们的谎言被拆穿，只会加深他的不信任。更重要的是，谎言会侵蚀他（和我们）的尊严。它们会让他成为一个不再值得重视的人。对我来说，即便过程充满痛苦，或者会被视为挑衅，诚实对待父亲也是一种尊重的姿态。这表明，我们仍然认为他是我们世界的一部分。

我既是从儿子的角度，也是从医生的角度来看待这件事情的。历史上，医生经常欺骗病人。我们过去就经常隐瞒绝症诊断之类的坏消息，这种家长式的作风一度被医学界广泛接受。19世纪中期，美国医学协会的道德准则指出，医生肩负着一种"神圣的责任"，即"避免一切可能使病人灰心丧气、情绪低落的事情"。但时代变了，如今医药界盛行的口号是病人自治。也就是说，今天的病人有权指导自己的治疗，并且为了做到这一点，他们必须拥有充分的知情权。作为医生，我们不再像过去那样因为疾病"照顾"病人，而是和他们一起"应对"疾病。

讽刺的是，直到几十年前，在痴呆症护理的过程中，撒谎还会被视为不道德的行为，当时的医生必须依靠家长式作风来为他们欺骗普通病人的行为辩护。相反，"现实导向"风靡一时，被用来迫使痴呆症患者面对残酷的事实，即使这会给他们带来巨大的痛苦：比如亲人已经去世，或者病人现在住在护理机构中，再也回不了家。到了20世纪90年代，一个名叫潘妮·加纳的英国妇女开始倡导一种新的方法，这是认可疗法的起源。她的母亲多萝西患有痴呆症。这种方法鼓励护理人员顺应病人的想法，无论它有多错误、多迷惑、与现实存在多大冲突。加纳的女婿奥利弗·詹姆斯在他的作品《满足的痴呆症》中这样描述加纳的技巧："她会对多萝西所说的一切表示同意。这种简单得可笑的策略十分有效,而任何异议都会带来灾难。"加纳告诉护理人员,不要让病人产生他们还不曾拥有的虚构概念,但也不要反驳能让他们感到舒适的幻想。

我在个人的职业生涯中发现,善意的家长式作风也可能造成伤害。医患关系是建立在信任的基础上的,家长式的干预不仅会损害医患关系,还会侵蚀人们对这个职业的信心。例如,研究表明,被医生欺骗的病人即使知道欺骗是出于好意,也会表现出巨大的挫折感,甚至产生自杀的念头。作为医生、儿子或看护人,我们怎么有资格决定一个人可以接受哪些真相呢?

说实话可能是一把双刃剑。它的要求可能与其他道德要求存在矛盾,比如儿子有义务为日渐衰弱的父亲尽最大努力。我发现,个人伦理可能会与护理的现实发生冲突。

在我拜访霍格威大约一年后的一个周六的早上,我醒来时收到了一连串短信。

苏尼塔:"爸爸又要赶哈温德走了。她正在打电话给她的朋友,准备离开。"

拉吉夫:"发生了什么事情?"

苏尼塔:"他说她什么都不做,每天还能领到130美元。她在哭。我现在正在和她通电话。"

拉吉夫:"我在开会。我现在没法处理这个问题。"

苏尼塔:"他在外面骂人,邻居们都听到了。他说让她走,他不需要她。哈温德昨天告诉我,如果她找到(另一份工作),她就会离开。她不能再在这样的条件下工作了。桑迪普,你为什么告诉爸爸，我们会付钱给她——?"

我:"这是他的钱。如果你告诉他，她是免费工作的，他不会相信，或者会感到内疚，还是会付钱给她。最好的办法就是告诉他真相。她所做的工作是有报酬的。"

拉吉夫:"你不明白，他每次给她支票时都会和她吵架。"

我:"那她应该离开几天。等他意识到自己有多需要她，就会停止这种行为。"（虽然在写本书时，我还是不确定自己是否相信这句话。）

拉吉夫:"相信我，这不是解决的办法。他不会记得的。他还会再犯。"

我:"如果他再这样，她还会离开。"

苏尼塔:"桑迪普，这位可怜的女士还在哭呢。对不起，我通常会听你的，但这一次不行。从现在开始，我们要告诉爸爸，她是无偿工作的。拉吉夫可以用爸爸的账户付钱给她。"

我说:"这种煤气灯效应就是扯淡。他会感到困惑，觉得自己要疯了。他知道没有人会免费工作。坦白说她是拿钱的就行了!"

拉吉夫（几分钟后）:"我刚跟他说过话。他告诉我，他从未雇用过她，也从未付给过她钱。对此你怎么说?"

我:"听着，我不会对他撒谎。他有权知道我们用他的钱做了什么。如果她坚持要走，那就走吧。他还是我们的父亲。他比你们想象中明白得多。"

拉吉夫:"你错了，你还在用老方法思考。他连手机都用不了。"

我:"不，错的是你。他会记得没有她的感觉，学会不再发脾气。"

拉吉夫:"没用的。他不会记得的!"

我:"你的方法就是完美的吗？"

我从床上爬起来，走向洗手间。上个星期我一直在值班，脑子还是有些迷糊。我对着镜子，揉了揉惺忪的睡眼。几分钟后，手机铃声又响了。

拉吉夫："我刚和古普塔谈过。他叫我增加戴普卡因的剂量。"

母亲去世之前，我们带父亲去看过阿达什·古普塔医生，以控制父亲的行为。他是拉吉夫的一位精神科医生朋友，为人开朗，长着洁白的牙齿和浓密的眉毛。他耐心地聆听我们讲述了父亲最近爱发脾气的事情和日益严重的偏执症状。之前的两年时间里，他让父亲按需每天服用情绪稳定剂拉莫三嗪和抗焦虑药物氯硝西泮。这两种药物都由我们负责管理。但拉莫三嗪让父亲的胸背部起了疹子，于是被换成了鲁拉西酮，这种药物会导致父亲无法控制地咂嘴。这可能是迟发性运动障碍的症状，属于常见的副作用（此外，它每月要花费410美元）。最终，古普塔给父亲开了治疗抑郁症的依地普仑和安非他酮，并把鲁拉西酮换成了戴普卡因，来稳定情绪。后者在父亲出现心理运动减缓的情况时必须减量，情绪暴躁时再加量，中间还有一段时间要彻底停药。古普塔规定每周进行一次支持性心理治疗，尽管我经常想要知道治疗的意义何在，反正父亲记不住每次治疗都讨论了什么，就连会话后紧接着发生了什么都记不得。

我："拜托，不要再让他吃戴普卡因了！每两个月发一次脾气总比让他变成僵尸要好。"

拉吉夫："这已经是他四周内第四次爆发了。"

我："戴普卡因也会让他生气。那次去明尼阿波利斯时，他表现得就很糟糕。别用那种药了。"

拉吉夫："古普塔说，这种情况不会发生了。那只是失去亲人期间的事情。他想让我们试试,所以我打算试试。爸爸需要稳定一下情绪。"

我:"他需要快乐。"

拉吉夫:"告诉他我们会付钱给哈温德,会让他快乐吗?"

我往脸上泼了一捧冷水,挤了点牙膏,开始刷牙。短信提示音不断地响起。我眯着眼睛看着自己的倒影,仿佛看到父亲正准备去上班。他清了清嗓子,对着水池大声吐着口水。我曾经十分同情他,同情他那一成不变的生活,同情他无法放松的束缚。眼下的情况对我们每个人来说,又有什么不同呢?

我穿好衣服,再次拿起手机。

苏尼塔:"爸爸说,也许他犯了一个错误,现在一切都好了。但我能听到哈温德说不,她想离开。"

拉吉夫:"苏尼塔,请打电话给她。告诉她,他不是那个意思。桑迪普,在她离开之前过去一趟。我们不能重蹈覆辙。请告诉他,她是无偿工作的。如果他问你,我们是否应该给她钱,你就说不。"

拉吉夫:"我已经分不清什么是真实、什么是虚构了。我只能说我非常沮丧,不知道该如何是好。他每天能给我打10次电话。我替他付所有的账单,还要帮他收拾烂摊子。自从他搬到这里,已经瞒着我开了好几个账户,账单六次被转到了催收机构。我不得不替他打上好几小时的电话。我真的已经无计可施。他的驾照会在他的生日那天到期,所以我还得跟车管所打交道。见鬼,我才不会去做呢。如果他继续开车,会伤到别人的。"

苏尼塔:"伙计们,我们考虑一下养老院吧。斯蒂芬妮还会从格伦湾给我发来电子邮件呢。你们俩应该和爸爸坐下来,说服他。"

拉吉夫："我完全同意养老院的事情。"

苏尼塔："我不希望他去，因为我知道爸爸喜欢自由。不幸的是，我们已经尝试了一年，并没有奏效。"

苏尼塔（几分钟后）："桑迪普为什么不回消息？"

拉吉夫："他可能又调成静音了。"

我离开家时，天空阴沉沉的。北部州立公园公路两旁的树木光秃秃的，变成了灰色。秋天总是会带给我一种奇怪的宁静，只不过那一年，这种感觉比往年更加强烈。我想象我的车停在长岛西部墙壁尺寸的网格上，被一股看不见的力量拉着驶向父亲的家，一个让我感到害怕的地方。

我一边开车前往希克斯维尔，一边心想，也许去养老院已成定局。在美国，每六个痴呆症患者就有一个住在养老院（更多的人在辅助生活机构中过着半独立的生活）。哈温德最终离开的时候，肯定就是父亲独立生活的日子结束的时候。我们不太可能再找到一个全职的住家护工了，至少不可能找到一个像哈温德那样既会做印度菜、又会照顾我父亲的人。她真是上天的恩赐。除了做家务和做饭，她还让他在跑步机上锻炼，陪他去H&Y市场散步，陪他去乔氏超市购物。她的朋友们来串门时，还能提供一个现成的社交环境。她正在做着他的儿子们无法或不愿去做的事情。她收拾行李离开之后，他绝对不会心甘情愿地去养老院，或者和我们任何一个人住在一起，即使我们希望他这样做。毫无疑问，他最后会像他的妈妈一样，被锁在一个病房里。长岛上可没有霍格威式的村庄。

当我把车开进车道时，车库的门是敞着的。哈温德出来迎接我。她明显哭过，棕褐色的脸颊上还留着粉红色的泪痕。她告诉我，父亲把她赶出去时，她从车库偷偷溜回地下室，躲在了客房的一个壁橱里，这样她就可以在我出现之前一直盯着父亲。"他还没有吃早饭呢。"她说。她给我看了她皮肤上的一块青紫色的斑点。"他抓住我的胳膊说：'我付了你那么多钱。我不需要你。'他说我没文化，是个婊子，是个仆人。我说：'我是你的仆人，而你是政府的仆人。我们在这个世界上都是仆人。'"

防风门没有锁。我进去时，父亲正坐在餐桌旁，盯着笔记本电脑。我冷冷地跟他打了声招呼，想让他感觉自己做错了什么。这是我连续工作十二天以来第一天不用去医院值班。而处理他与哈温德因钱而起的另一场争吵是我周末最不想做的事情。"告诉我发生了什么。"我在桌旁坐了下来。

"你说发生了什么，是什么意思？"

"你就坐在这里。你吃午餐了吗？"他摇了摇头。

"那我们吃吧。"我几乎是大喊着说道，然后起身走向厨房，"哈温德在哪儿？"我问。趁他还没来得及回答，我又说："我敢肯定你又对她发脾气了。所以她才没在这里。"

"别妄加猜测——"

"你就是对她发脾气了，爸爸。我知道。"

哈温德在台面上留了用锡纸包裹的印度面饼，还有一些装在特百惠包装盒里的咖喱花椰菜和秋葵。我把剩菜放进微波炉里加热，然后端上了餐桌。

"给，你该吃饭了。"

父亲摇了摇头。"我不饿。"

"你不饿，是因为你和哈温德吵架了。"

"去看看，也许她还在这里。"她经常在被他赶出门后又像变魔术一样出现，所以他很容易相信她还是会再次出现。

"她不在了。"我吼道，"她已经走了。"

"好吧,我不在乎。"他说,"我很好。"

"你不好!看看你自己。你连衣服都没有换。"他穿着一件沾着咖喱渍的白色汗衫,"至少穿件像样的衬衫吧。"那一刻,我觉得有必要让他知道,他已经变得多么依赖别人。这其中有一些虐待狂的成分。这么多年来,他对我和我的常识与能力妄加诋毁、对哥哥偏爱有加的回忆涌上了我的心头。

"你这样跟你的爸爸说话吗?好像他是个傻瓜。"

"我没有把你当作傻瓜一样跟你说话,我们雇了个人来帮你,你却把她赶了出去。"

"我没有。"

"你有。我知道。"

"你怎么知道?"

"她把一切都告诉我了。你虐待她。"

"她是怎么说我虐待她的?"

"对她大吼大叫,推搡她,骂她是个婊子、是个寡妇。"

"你当时在场吗?"

"她都录下来了。"为了远程监控他,拉吉夫在家里安装了一套摄像系统。

"那都是骗人的!"

"不,爸爸,录像带是不会骗人的。如果她在说谎,那她就是世界上最坏的女人。"

"她就是最坏的女人。"

"胡说!好吧,那我就再也不让她回来了。既然你这么说,我们就不让她回来了。我甚至不打算付钱给她。"

"什么?"

"这些都是她瞎编的,对吧?她在撒谎,对吧?所以她拿不到钱了。"

"她在撒谎！我向上帝发誓。我以任何人的生命起誓——"

"不要！不要以任何人的生命起誓。我亲耳听见你对她大吼大叫来着。"

"谁？"

"哈温德！"我喊得声音都已嘶哑。

"什么时候？"

"很多次。"

"我没有！我待她很好。"

"所以这一切都是她瞎编的？"

"人总爱编瞎话。"

"为了什么原因？"

"为了占上风。"

电话响了。他无助地看着电话。

"你看，你连自己家的电话都接不了。"我走过去接起电话。

"你好。"是哈温德打来的。她还在屋外等待。我告诉她，我会给她回电话。

我回到桌旁。和生病的父亲吵架，就像深夜开车时允许自己的眼睛暂时闭上。你知道这不是一个好主意。你知道你的判断力会受损，但你无法控制。

"苏尼塔告诉我，你很难过。"我的语气软了下来。

"桑迪普，别让我做任何事情。我就是这样。"

"也许我能帮上忙。"

"你帮不了我。"

"也许把话说出来会有帮助。"

"我不想说。我这一辈子已经过到头了。"

"这话是什么意思?"

"你应该明白。"

"你还活着,爸爸!你还活着。好好利用你还拥有但妈妈已经没有了的时间。试着想想,什么能给你带来快乐。"

他想了想。"工作让我快乐。"他说。

"此时此刻,什么能给你带来快乐?"

他捶打着桌子。"闭嘴!"

"爸爸,你还是有喜欢的东西的。你喜欢哈温德。你和她一起欢笑。你喜欢看电视。你喜欢吃。你喜欢喝果汁。你喜欢冰激凌和杧果酸奶奶昔;这些东西你都喜欢。你必须记住自己喜欢什么。"话还没有说完,我就意识到了什么。回忆……

"你想聊聊妈妈吗?"我问。

"别问我。"

"关于她,你还记得什么?"我再次发觉自己讲错了话,赶紧闭上了嘴巴。

"一切。她是个好女人。"

"你最喜欢的——"我想不出更好的词,"回忆是什么?"

"她帮了我很多忙。"

"她很支持你?"

"非常支持。"

"她是怎么帮你的?"

他挣扎着回忆。"一切。"他终于说出了口,并示意我不要说话。他一定是在为我感到难过,因为他又补充了一句:"什么都不用担心。"

"我不担心,爸爸。只不过你要一个人待在家里。"

"那我就一个人待着。"他无可奈何地答道,"没关系。别

远去的父亲 / 114

担心。"

待他吃完午餐,我送他上楼小睡,帮他脱下衬衫,换上了一件干净的衣服。他在床上躺下。我把被子盖在他的身上。"把你的头抬起来。"我把一个硬枕塞到他的身下,这样他就可以看电视。我在他床边的椅子上坐了下来。我们默不作声地待了几分钟。

"拉吉夫和苏尼塔说,如果这位女士走了……"

"哪位女士?"

"哈温德。如果她走了,我们就得把你送进养老院。我是唯一阻止他们这么做的人。你觉得我会想让你去养老院吗?"

"不要告诉我你想要什么、我想要什么。"他痛苦地说。

"爸爸,你没法照顾好自己。"

"好吧,那就让我去死。让我下地狱吧!"

我站了起来。"你知道吗,你不是唯一失去过配偶的人。"我提起了一个患有心力衰竭问题的病人。她独居,几个儿子大概每周去看她一次。她请不起哈温德那样的管家,不得不自己做饭和采买。但她每次来找我看病时都很开心。"幸福是一种精神状态。"我说。听到这话,他抬起头,点了点。他似乎明白了。这句话他自己好几年前就说过。

我下楼来到厨房,哈温德偷偷地从地下室的台阶走了上来。我没有说话,只是示意她跟我来。我们朝卧室走去。

父亲睁开眼睛时,她正站在我的身后。"看,爸爸,哈温德回来了。"我说。他一脸怀疑地看着她。"她说她很抱歉。她告诉我,她愿意无偿工作。不要钱,有食物和住宿就行。"

他的表情放松了,我觉察到一丝淡淡的微笑。"好吧。"他说,"请进。"

10

好吧，别担心我的孤独！

不幸的是，争吵并没有在那天结束。随着父亲的病情越发严重，情况也越来越糟。哈温德的出现本身就会让他想起自己的无助与衰老。我会通过哥哥在家里设置的监控系统来监视他。大多数时候，他和哈温德相处得很好，但有时，他的行为实在是令人讨厌。他会骂她是二流妓女，往她的脸上泼橙汁，甚至有一次扼住了她的喉咙。几分钟后，他跪了下来，抚摸她的脚，乞求她的原谅，而她愤怒地不理他。"要是在养老院里，他们会给他打针的。"在他试图用铁丝衣架打她之后，她痛苦地告诉我，"在这里，我还会给他茶和零食。"

当然，我和哥哥、妹妹都觉得自己有责任制止这种虐待行为。我们经常和父亲谈论这件事，哄骗他，大声喊叫，甚至威胁要把他送进收容机构。尽管如此，我们还是无法让他理解或控制自己情绪的爆发。所以，在不知道还能做些什么的情况下，我们和哈温德讨论了弥补的方法，并最终与她达成共识，每周额外发放一笔奖金作为对这项危险工作的补偿。此外，妹妹会给她买礼物，我们也给她的孩子们寄过钱。她对我们家有着不同寻常的情感，尤其是对苏尼塔。她们两人已经建立了真挚的友谊。我们觉得有必要奖励她的忠诚、补偿她的艰辛。与此同时，我们也已走投无路。有她住家照顾，能让我们兼顾自己的事业和家庭。另外，这也是唯一能让父亲不进养老院的办法。

从监控录像里看，父亲的生活其实就像一系列循环播放的视频。他又走到了前门，望着外面的门廊，然后回到餐桌前的椅子上，再次盯着电视。其他时候，他会在车库里闲逛，伸手戳戳这里、摸摸那里，偶尔捡起旧报纸，假装在看。这样的场景一天到晚都在重复。我在办公室里目睹着这一切。父子俩对这种单调乏味的生活都产生了耐受性。

当我播放他对她大吼大叫的录像带时，他看起来十分无奈。"那是你吗？"我失望地问。"是的，有可能是我。"他承认。当我再度提起虐待的事情，仅仅过了一分钟，他就哭喊着说："什么！我从没有虐待过她。"

"我刚刚才给你放过录像带！"

"给我看看。"他要求，然后我们就要从头再来一遍。我们的谈话就像旋转木马，一遍又一遍以规律的间隔重新回到同一个点上。作为医生，我知道自己所做的一切都是徒劳。作为儿子，我仍然对他能够理解抱有一丝希望。

但他每次都会否认这些不良行为。无论我多么努力想让他对自己的所作所为有一丝深刻的认识，他还是无动于衷、冷漠、疏离、漠不关心。"'妓女'不是脏话。"哈温德在自己的房间里哭泣时，他向我解释道，"只是随口一说。"

有时候，我觉得他是在忽悠我，他缺乏自我意识是出于自私的目的。也许这是他脆弱自尊心的一种表现，是他不愿意承认错误，历来不屑于自省，也可能是他一直以来所认为的乐观主义。直到那年秋天晚些时候，我们去了圣路易斯，我才开始意识到，这主要是他的脑部疾病导致的结果。

在圣路易斯，我见到了华盛顿大学医学院的年轻神经学家格雷戈里·戴伊博士。戴伊博士身材瘦削、十分健谈，是查尔斯·F与乔安妮·奈特阿尔茨海默病研究中心的副主任。研究中心位于一座红砖建筑综合体内，就在我上的医学院主校区旁边。11月一个寒冷的早晨，我们去他的办公室里聊了聊。窗外的草地上结满了霜。谈话刚开始，我就告诉戴伊，父亲似乎缺乏自我意识。比他的记忆力问题更严重的是，他无法监控或调节自己的思维和行为方式，给家人带来了难以忍受的压力。

戴伊告诉我，丧失对自身功能障碍的洞察力或称"疾病失认症"，在包括痴呆症在内的几种神经系统疾病中十分常见。"在大脑疾病的研究中，它既是一种挑战，也是令人着迷的课题之一。"他说，"神经学不仅涉及意识，还涉及元意识，这是我们在其他疾病中不一定能看到的。"大约一个世纪前，人们创造了"疾病失认症"这个术语，用来描述那些似乎意识不到自身瘫痪的中风患者。尽管人们对这种现象知之甚少，但它今天在许多神经和精神疾病中都可以观察到，包括创伤性脑损伤、强迫症和精神分裂症。这些疾病会影响患者对疾病本身及其后果的认识。疾病失认症的严重程度各不相同，从轻微到严重，受影响的具体精神领域也有所不同。一个人可能意识到某一功能领域的衰退，比如记忆力，但对其他功能领域，比如同理心或社交能力的下降并不自知。例如，患有额颞型痴呆症（一种相对罕见的疾病）的患者可能不知道在公共场合挖鼻孔或揉陌生人的背部是不合适的,但仍然可能意识到他们的记忆力正在衰退。

我想知道,疾病失认症是否是一种健忘症。也许我父亲依赖的是遥远自我的遥远记忆。那时他还是一个完整、脾气温和、有家有室的男人,而且是一名科学家。尽管他的大脑正在缓慢地遭到破坏,但那些记忆并没有消失。戴伊的看法则不同。他认为疾病失认症是一种具有特定神经底质的结构性问题。他告诉我:"大脑的某些部分显然执行的是元(或高阶)功能。"他补充称,其中一项活动是由额叶和顶叶的网络控制的自我意识。这些网络既参与自我监控,也参与纠正错误的动机。像我父亲这样此类受损的人,通常对自己的缺陷缺乏洞察力,包括他们不再有这种洞察力的事实。

这是一种可悲的状态,因为患病而不自知或无法思考自己的疾病。我在医学院的神经内科病房里看到过这种情况。顶叶中风的患者可能无法移动身体左侧的肢体,但如果你不问他们,你是不会知道的。他们会否认自己有什么问题,在面对自身残疾的证据时,则会编造四肢不能正常运作的原因。他们似乎并不在乎身体存在严重缺陷。他们认为这些不足是你们的问题,与他们无关。

我问戴伊,为什么我母亲对自己的病情一直保有洞察力。例如,她直到生命的最后一刻都知道,她眼前的视觉幻觉不是真的,即便她始终都能看到。戴伊解释说,帕金森症的病理学表现与阿尔茨海默病截然不同,这可能解释了自我意识程度上的差异。帕金森症通常从大脑中被称为"基底节"的运动控制部位开始,向外转移至皮层区域。他说:"这取决于它的去向,从而定义了病人所患的综合征类型。"大脑边缘系统受损会导致行为改变，比如非理性行为。脑干疾病会引起意识波动、晕厥等症状。如果损伤延伸到枕叶，就会出现幻觉和视觉问题。但我母亲大脑的额叶和顶叶可能没有受到影响。因此，尽管她的能力逐渐受限，依然能够从外部对自己的状态进行评估。

另一方面，阿尔茨海默病通常会在后期对额叶和顶叶造成损伤。但在疾病的早期阶段，患者可以保留对自身状况的洞察力，甚至会抱怨或开玩笑地说自己的记忆力正在衰退，就像亨利·莫莱森那样。他们也许比家人更清楚自身的缺陷。随着疾病进入中期阶段，通常是在确诊后的2~5年，洞察力和自我意识会开始恶化。比如，患者可能依然知道自己的记忆力存在问题，却已经忘了问题的严重程度。这很有可能就是这种疾病在我父亲的大脑中发挥作用的方式。他很早就发现身体正在发生变化，于是决定退休，搬到长岛，住在儿子们的家附近。他知道出了什么问题，但随着病情的发展，他越来越倾向于否认。2017年秋天，我去圣路易斯旅行时，他的自我意识正在瓦解，被局限在他的大脑创造的崩溃的现实中。

戴伊承认，大脑的可塑性很高，我们无法确定控制某些功能的区域在什么地方。一般来说，诸如洞察力在内的某些功能会映射到某些区域，但也存在很大的可变性。例如，一些晚期痴呆症患者仍旧保留着显著的洞察力，而另一些早期患者可能完全没有这种意识。"结构——功能的失衡是一个我们经常面临的问题。"他说，"一个人有可能在认知功能测试中表现得一切正常，但大脑成像发现，其大脑如同一个干瘪的核桃。"

他建议我观看他的院系用来培训神经学研究员的视频。视频中，一名74岁的西南贝尔公司退休经理和他结婚31年的妻子来到诊所①。"我们没有马上发现（问题）。"这位女士向医生诉说了丈夫的记忆力问题，"直到他问了我五次'今天是星期几'。"

这个人的故事听起来十分耳熟。他逐渐无法处理小额资金，无法跟上行车路线，也无法操作电视遥控器。他失去了社会关系，退出了桥牌俱乐部。他会把东西放进错误的储物柜，找不到之后就不再去基督教青年会了。他的判断力也出了问题。他曾试图在草坪还湿着的时候割草，害得割草机的刀片卡住。但至少在一个方面，他的病情还没有我父亲的那么严重。"我忘记了不该忘记的事情。"他能恰如其分地洞察并承认这个问题。他的妻子悲伤地看着他。

那天离开之前，我询问戴伊有没有什么新的或即将出现的方法可以帮助我的父亲。他沉默片刻后回答："我相信你知道，我们没有任何一种治疗疾病的药物可以对已经出现症状的人起作用。如果我们等到人们得了痴呆症才采取对策，就如同货运火车已经出站，无法减速。任何声称自己有计可施的人都是在撒谎，或者是想从你的身上赚钱。"

听完这话，我竟然奇怪地松了一口气。我一直为自己没有更加努力地寻找新颖或实验性的治疗方法而感到内疚，戴伊的话提醒了我，有效的治疗方法并不存在。我对他能够拨冗表示了感谢，然后起身准备离开。

"你父亲还认识你吗？"他问。

"是的。"我说。

"还能叫出你的名字？"

"大部分时间可以。"我告诉他，他有时会忘记孙子、孙女

---

① 在临床评估中，护理人员需要和患者一同前来，以便了解病史。护理人员和患者在问题评估上产生的差异可以被用来衡量患者的洞察力。

的名字，但仍然认得我是谁，而且见到我时通常都很高兴。

他询问我父亲住在哪里。我说他还在自己家里，有一名全职护工陪着，我们正努力让他尽可能远离养老院。

"听起来你们在尽一切努力确保他的安全，保持他的生活质量。"戴伊同情地表示，"现在这是一个资源问题，比如付费的护理人员。"

他停顿片刻，像是还想提供什么其他的建议。

然后他悲伤地说道："不幸的是，所有的痴呆症最终看起来都是一样的。整个大脑都会受到影响，患者通常无法说话。"

母亲去世后，我们面临的难题是如何说服一个本就十分固执、现在对自己的病情和需求一无所知的男人接受额外的帮助。每逢星期天，也就是哈温德的休息日，父亲独自出门时都会迷路。他会打开炉子沏茶，却忘了关掉它。他会不吃饭，因为他无法加热哈温德准备的食物，忘记了如何使用微波炉。我和拉吉夫只能错开周末的医院值班安排，这样其中一人就可以随时帮助他。但这只是权宜之计，因为我们谁也无法时刻陪在他的身边。

第二年夏天，父亲最小也是唯一在世的妹妹克里希纳姑姑从印度前来探亲，这才使我们得以喘息。两年前，我的母亲去世前，父亲曾邀她前来同住，当她抵达后，他又不想和她扯上任何关系了。她本身是个寡妇，想要在他需要时与他聊天、分享并提供支持，可他无法掩饰自己对她的厌恶。

"她是你的家人。"我们告诉他。

"她不是我的家人。"

"她是你的妹妹。"

"那又怎样!"

不到一星期,他就受够了。"你走的时候我会很开心的。"他对她说,还催促她收拾行李。她在美国剩下的大部分时间都是和新泽西的一个远房表亲一起度过的。

2018年10月的一个星期天,我开车到他家去带他吃午餐。他和往常一样形单影只。草坪上积满了黄叶,夏季种植的植物已经伤痕累累,即将枯萎。我发现他坐在床上,挣扎着想要穿好衣服。他穿衣服的时间越来越长了,尤其是天寒地冻、需要多穿几层衣服的时候。有时他会先穿鞋再穿裤子,或是先穿毛衣再穿衬衫,抑或是先穿毛衣再穿另一件毛衣。而且,他经常忘记先穿内衣。

我走过去帮他。"把你的衬衫穿上吧。"我试着让他站起来。那件衣服被翻了个面,于是我飞快把它翻过来,还帮他撑起了一只袖筒。"等等,这么穿不对。"我边说边把衣服脱下来,"你能站起来吗?"

"你在干什么?"他怒吼道。

"你把衬衫穿反了。站起来,挪到这边来。"

"桑迪普,别让我做这又做那的:'站起来,挪到这边来,走到那边去。'"

"我是想帮你。你到底要不要我帮你?"

"不要!"他吼道。

"好吧,那你自己来吧。"我转过身,挑衅式地走出了房间,然后转过身。因为我知道,如果我不回来,天知道还要在楼下等多久。"求你了,爸爸。"我说,"我们把这件事情做完好吗?"

待他穿戴整齐,我们还有另一项耗时的任务要完成:出门。首先要寻找他的钥匙。钥匙在餐桌上的一些文件下面。紧接着,我们在房子里转了一圈,把灯一一关掉(然后他又转了一圈,把一些灯重新打开)。他走去门廊看了看邮箱(那天是星期天),随后钻回屋里,留下我站在门前的台阶上。

"你去哪儿?"

"我不知道把钥匙放在哪里了。"

"你刚才检查过了。"我喊道,但他已经走了。

我在楼上找到他时,他正用思高牌胶带粘大衣柜的门,大概是为了防止有人趁他不在时打开它们。

"你在干什么?"我叫了一声,开始发火了。

"好吧,我们走吧。"他飞快地回答,留下那卷胶带晃来晃去。"你找到钥匙了吗?"

"是的。"

"钥匙在哪儿?"我们走出卧室时,我问道。

"在我口袋里。"他说。

外面阳光灿烂,但气温还不到50华氏度(10摄氏度)。风铃在微风中发出清脆的声响。一面美国国旗在远处的杆子上飘扬。

坐进车里,我帮他把安全带扣好,然后把车子倒出车道。"那我们该去哪里呢?"我用欢快的语气问他,试图为每周的例行公事注入一些兴奋的感觉。

"别问我。"他平淡地回答。

我们常去的印度卷饼之家附近到处都是南亚餐馆。我们开车经过了一家孟加拉糖果店、一家清真肉店和一家纱丽精品店,然后把车停在了拥挤的停车场里。野草从黑色的柏油路裂缝中钻了出来。排水沟里冒着冰冷的水汽。

"我想我以前来过这里。"父亲说,"这是地湾烧烤店吗?"

"不,是印度卷饼之家。我们每周都来这里。"

"每周?"他难以置信地问。

"是的,爸爸,在过去的六个星期里,我们每个星期天都会来。"

我为他打开车门。他小心翼翼地把脚放在柏油马路上。他穿着平时的行头:橄榄绿色的休闲裤、深棕色的皮夹克、锃亮的黑色皮鞋。他坚持要穿的睡衣从已经磨破的裤头下面露了出来。他的毛衣下鼓鼓囊囊的是他塞进衬衫口袋里的钱包和其他杂物。他弯下膝盖,但没有挪动。我伸出了手。"我老了。"他说。这似乎是他几个星期以来第一次露出笑容。

我们手牵着手穿过停车场。在街对面举行的排灯节庆祝活动上,一些家庭临时排起了队伍,等待领取烤玉米和恰特。头上戴着橙色围巾的青少年和曾经的我一样,站在父母身旁,双手插着口袋,等待回家。

这家餐厅有着低矮的木梁和着色的窗户,阴暗却凉爽,如同一座教堂。墙壁上装饰着印度神像的木雕。老板在等候区看到我们,匆忙安排我们坐下。

"那位女士呢?"我们坐下后,父亲问。

"谁?哈温德吗?她星期日不上班,还记得吗?"

"为什么不?"

"因为你说你不想要她。"

他眯起眼睛想了想我的话,然后点点头,显然很高兴自己在这类事情上还有一些发言权。

"你想要什么样的卷饼?"我问。

"你决定吧。"他回答。等女服务员走过来时,我点了两份他最喜欢的粗粒小麦粉皮辣味卷饼。这种情况已经越来越多。

痴呆症让他无法识别自己想要什么,甚至感觉不到自己想要什么。渐渐地,替他记住的责任落在了我的身上。

我们静静地坐着。我发现他的指甲长了,于是暗暗记在心里,回家后要帮他剪掉。我还注意到,他的精工腕表已经停了。他戴着它只是为了装饰。

"桑迪普,这是什么?"他问道。他在翻盖手机上给我看了一张他收到的邀请,邀请他加入某农业科学期刊的编辑委员会。我看了看那封邮件,惊讶于居然还有人想到要联系他。毕竟他已经退休四年多了。

"你知道这份期刊吗?"我问。

"知道。"他回答,但我看得出他在撒谎。

"'您在植物生物技术领域做出了伟大的贡献。'"我大声念了出来,他骄傲地看着我。"'因此,我们想请您来审查——'"

"我怎么告诉他们我不愿意?"他打断了我。

我在他的脸上搜索着一丝后悔的迹象,但他依然面无表情。"你确定吗?"我问。

"是的。"他回答。我既伤心又释然,煞费苦心地指导他打出了一封回绝信。

女服务员端来两份咖喱土豆馅的三角形印度卷饼、两碗辣味桑巴汤、两杯柠果酸奶奶昔。父亲向她要"管道"。我迅速递给他一根塑料吸管。"你有没有想念过印度?"开始吃饭时,我问道。

"这话是什么意思?"

"你有没有想念过印度?"我又问了一遍。

"你说的是一个节目吗?"

我完全不知道他的话是什么意思。"不,是那个国家。"

远去的父亲 / 126

"哦，印度是地狱。"他轻蔑地回答，"我已经20年没有去过印度了。"事实上，就在六年前，他还去印度待了一个月，受邀在各所大学做了一系列演讲，题目是《从绿色革命到基因革命》。

"印度怎么了？"

"嗯——"他犹豫了片刻，"只要你存在分治之类的问题。"

"爸爸，分治是很久以前的事情了。我说的是来美国前住在那里的时候。"

"分治是什么时候的事情？"

"1947年。我说的是我们1975年住在那里的时候。"

他耸了耸肩，继续吃着东西。

我早就料到他会有这种冷漠的反应。曾经是个完美主义者的他似乎已经不再在乎犯错误，也不在乎为什么会犯错，甚至不在乎自己存在缺陷。那时我已经意识到，这不是他所能控制的。去年秋天，我在圣路易斯与戴伊博士的谈话让我确信了这一点。但我还是忍不住想在他犯错时纠正他，让他难堪，提醒他这个搞科学的人，错误仍然非常重要。

与此同时，我也认识到了他的健忘能带来的好处。这个曾经渴望别人的认可与尊重胜过一切的人，似乎已经不在乎那些变幻无常的回报。毫无疑问，他的大脑正在萎缩，想象力、认知、抱负和期望也在缩水。也许这并不是一件坏事。我有时会想起我在斯隆·凯特琳纪念癌症中心做住院医生时，治疗过的一位患有转移性胰腺癌的肿瘤学家：对即将发生的事情的了解，侵蚀了他所剩不多的时间。对于父亲，我们不需要担心这个问题。失去洞察力对他而言其实是一种保护机制。在某种程度上，疾病是在自己照顾自己。

还有其他的事情可以聊以慰藉。为了减轻他的焦虑，我们可以对从未发生过的事情撒谎（我早已打破了对他撒谎的禁忌）——比如，告诉他"拉吉夫出差前给你打过电话"，事实上他没有。更重要的是，过去让他心烦意乱的事情已经不会再让他心烦了。他很快就会忘记争吵，也不会把注意力集中在别人的否认或指责上。由于几乎没有短期记忆，他的日子是在一种幻觉状态中度过的。几分钟之内，有时更短，他的情绪就可以从愤怒变成顺从，再变成近乎喜悦，或者至少是顽皮或嬉笑——我在成长过程中从未见过他嬉笑。我会为我们的争吵而烦恼，最后却在打电话给他时听到他高喊："你好啊，年轻人！"他活在纯粹的当下，即使这是疾病带来的假象。遗忘能力对他而言既是一种祝福，也是一种诅咒。

"你的卷饼怎么样？"他还在啃着三角形卷饼的一个顶点。很明显，一个卷饼对他来说太多了。

"挺好。"他头也不抬地说，"很美味。"

"来，我帮你在上面涂点酱。"他喜欢——或者说曾经喜欢——椰子酸辣酱。但他挥手把我挡开了，表示自己不打算再吃了。

和他坐在一起，我想起了我在伯克利读大一时和他共进午餐的经历。当时，他在几英里外的加州阿尔巴尼某植物遗传学研究中心做博士后。每个星期天，他都会带我去他的公寓。他会花一上午的时间准备咖喱鸡肝和自制酸奶——我的最爱——然后厉声告诫我应该如何度过自己的人生。他一直希望我成为一名医生，而且是斯坦福大学出来的医生。对他来说，那才是职业成就的巅峰。我不想和他的梦想扯上任何关系。（在印度移民文化中，年轻人的叛逆就是对医学事业说不——我就是这样，后来选择了主修实验物理学。）尽管如此，他仍在继续督促我。他始终相信，他所爱的人可以被劝说、被说服，走上正确的道路——再多一次告诫或警告就可以避免灾难。

如今，三十多年过去了，我们的角色发生了互换，我有点希望这是真的。

"星期天一个人待着对你来说一定很难受吧。"我说，试图开启另一段关于向哈温德寻求更多帮助的谈话，"你为什么不去苏尼塔那里住几天呢？"

他一脸怀疑地瞥了我一眼。"好主意。"他用讽刺的语气答道。

我感觉身上热了起来。"这为什么不是一个好主意呢？克里希纳走了，家里那么安静。我是在给你一个选择。"

"这是最糟糕的选择。"

"为什么不是好的选择？"

"嗯，你得去那里，坐飞机去。"他含糊其词地答道。

"这不难，爸爸，拉吉夫会把你送上飞机。飞机降落在明尼阿波利斯，苏尼塔会去接你。事情没那么复杂。"

"然后再回来，度过同样的难熬时光。苏尼塔会怎么做？不行。"他摇着头说，"我很好。"

他一生都在旅行。我还记得他过去常用精心制作的幻灯片向我们展示他去欧洲参加会议的经历：伦敦塔、布鲁塞尔的喷泉。现在，他连花三小时飞去明尼阿波利斯都不愿意。

"你一点儿也不好。"我说，努力克制陷入另一场大规模争论的冲动，"你今天早上对苏尼塔说，你很孤独。"

"我跟她说了？"

"是的。"

"好吧,别担心我的孤独!"

"我只是想帮你。"

"你不是想帮我。"

"难道我想伤害你吗?你是这么想的?冷泉港的旅行是我给你安排的,还记得吗?霍夫斯特拉奖学金是我设立的。我还带你去参加了午宴。"

"什么午宴?"

"你领取牌匾时在霍夫斯特拉吃的那顿午宴。我们是走路过去的,还记得吗?批评别人总是容易。"

"这就是你在做的事。"

"听着,我想说的是,你可以去看看苏尼塔,或者……我不知道……也许我们可以让哈温德星期天时也住在家里。"

他目不转睛地看着我。"哈温德没有自己的家庭吗?"

这是一个突破口。"哈温德告诉苏尼塔,她现在想一周七天都陪着你,一个月只要放几天假就行。"

他开始摇头。

"为什么不行,爸爸?她在家时候你更开心,对吧?她把你照顾得很好,而且她需要一个住的地方。这对她有帮助,对你也有帮助。"

"她推了我,还记得吗?"他想起在一次争吵中,她拉着他不让他打她。"嗯。是为了什么事情?"

"我不知道。"

"你做了什么吗?你还记得她推了你,那你做了什么?"

"我什么都没做。"

"我明白了,所以她疯了,会无缘无故地推你一把。"我答道,意识到这段谈话的走势正逐渐变得和其他对话一样,"你肯定做了什么，爸爸。你只记得合你心意的事情！"

和往常一样，他坚持要付账。和往常一样，我说他可以下次再付。他不相信小费。和他那一代的许多印度人一样，他认为这很做作，只有服务好的时候才会给，从来不会主动给，也很少给超过百分之一的小费。为了避免服务员失望的眼神，我付了账。

"我喜欢这个地方。"我们走出去时，父亲说，"我们应该每周都来。"

回到车里，我放了努斯拉特·法塔赫·阿里·汗的歌。这首卡瓦里歌曲以西塔琴的重复演奏为开场，继而转为手鼓，然后才是汗嘹亮的歌声。我的父亲曾经是苏菲派穆斯林诗歌的狂热听众。他悄悄地随着歌曲打起了响指。

看到他能够稍微放松一些，我很高兴，于是在回家的路上绕了个弯，开了10英里的路前往中央岛附近的海湾。母亲还在世时，我们去过那里一次。我记得父亲很喜欢沿着沙丘散步。把车停在路边后，我们跳过一道短短的木栅栏，走上了沙滩。天色已经暗了下来，灰色的云朵在天空中凝聚成了大块。黄色的成团干草矗立在白色的沙滩上。远处，长岛海湾如同一池水银，闪闪发光。几只斗嘴的海鸥从头顶飞过。除此之外，这地方安静得要命。

"我们来这里做什么？"父亲说。

我伸出手牵住他。"我们就散散步。"我回答。

靠近海岸的地方，空气更加凉爽。河岸上散落着腐烂程度各异的海藻。微小的波浪渗透进沙子里，化作泛红的泡沫。

"还记得我们过去常在阿伯里斯特威斯的海滩上散步吗？"

"哪里？"

第二部 伤疤 / 131

"阿伯里斯特威斯，威尔士。还记得吗？那里有一条木板路。我才5岁。"

"是的，我记得。那是一栋四居室的房子，苏尼塔就是在那里出生的。"

"妈妈当时是个裁缝。"

他点了点头，凝视着海湾另一边的康涅狄格州。"她是个伟大的女人。"他说，"她走得很快。"

"但这是离开最好的方式。你不觉得吗？话说回来，如果大限已到，你想以什么样的方式离开这个世界？"

他举起一只手。"别说了，好吗？"他回答。

我们来到一片如茵的绿草围绕的水边。微小的涟漪在水面上荡漾，如同静电线一般，消失在边缘。我们在水边停下脚步。"桑迪普，我们来这里做什么？"他又问。

我知道结局即将来临。所有这些共处的时光——午餐与散步，他还没来得及转移的记忆，我年幼时尚无法形成和保留的回忆——就像池塘里的涟漪，即将消失。此时此刻，除了散步，没有任何事情可做。一起走，肩并着肩，直到最后。前路几何，我说不好。他会忘记我吗？我会忘记他多少？他要多久才能接受这是一片海滩，以及他与海滩的关系？那些黑白字母什么时候才不再是一种标志？

"你以前在印度骑过小摩托车。"我们凝视着水池时，我开口说道。

"什么？"

"你以前经常用骑着小摩托车载我，去普萨学院。你的实验室就在那里，还记得吗？我们住在基尔蒂纳加尔。玛塔吉曾经和我们住在一起。"

"哪里?"

"基尔蒂纳加尔,妈妈以前在那里的高中教书。我和拉吉夫读的是德里公立学校。我们答错问题时,常挨老师们的耳光。还记得吗?"

"记得。"他说。

"你以前常给我买气球,你会把气球绑在摩托车后面。你一回家,我就把它们放开——"

他举起一只手。"我们回去吧。"他打断我的话,显得有些不安,"我累了。"

"你不想再走一段路吗?"

"不想了。"他说,"回家吧。"

我看得出来,他已经筋疲力尽,怎么也拦不住。于是我们转身往回走。

"我很高兴你来了。"在潮湿的沙滩上沿着脚印往回走时,他说。我瞥了他一眼,对他的多愁善感感到惊讶。"我也是,爸爸。"

"我想,我已经有很多天没有见到你了。"

"我昨天才见过你。"

他笑了。"对不起,我忘了。"我们走了几步,"小桑,我们一直很喜欢你。"他说。

现在轮到我笑了。"'我们'是谁?"

"我,还有我妻子。你一直很聪明,你是最优秀的。"

"你也是,爸爸。他们以前都叫你高手。"

"不。"他喊道,"是大神。"

"我记得是高手,爸爸。"

他耸了耸肩。"可能吧。我很高兴我们来了。"

"我也是。"我说。

"我们应该经常这样做。我从你身上学到了很多东西。"

"比如什么?"

"比如讨人喜欢。不要生气。"

"好吧,我们下周再来。哈温德明天早上就会回来。"

"下次,把皮娅带来。"

"我会的。"

"你会记得吗?"

"我会记得的。"

"你老忘事。我是怎么跟你说的?"

"'把皮娅带来。'"

他笑了。"你的记忆力真好。"他突然停下脚步,"我们回去吧。我累了。"

"车就在前面,爸爸,在路边。我们得继续走。"

"这段路可真长啊。"父亲答道。

"我知道。"我们重新迈开脚步时,我说,"但一切都快结束了。"

11

你们的妈妈呢

> 我是谁？这个还是那个？
> 我会不会今天是一个人，明天又是另一个人？
> ——德国神学家迪耶特里克·邦赫费尔

生而为人意味着什么？18世纪启蒙运动哲学家大卫·休谟的理论认为，人只不过是写在记忆代码中的经验集合。他在《人性论》中写道："当我最亲密地进入所谓的自我时，总是会偶然发现一些特殊的感知或其他的东西。"他接着说道，一个人"只不过是一团不同知觉的集合体。这些知觉以不可思议的速度飞快地相互接替，处于持续不断的变化和运动中"。他断言，这些印象和知觉是稍纵即逝的。记忆会赋予它们某种连续性和连通性，将它们归纳成经历的片段。他写道："如果没有记忆。我们就永远不会拥有任何关于因果关系的概念，也就无法理解构成我们自我或个体的因果链。"

因此，在休谟的概念中，我们的个人身份是与我们所能记住的东西联系在一起的。一旦你失去了记忆，不就失去"自我"了吗？

在《人类理解论》一书中，启蒙哲学家约翰·洛克同样写道，人格的标志是一种个人意识，这种个人意识能将自己与之前的行为和经历联系起来。他表示，人是"会思考的智慧生物，具有理性和反思能力，可以把自己看作自己，在不同的时间和地点都是同一个会思考的东西"。在这种以认知为中心的观点中，自我是由记忆来支撑的。没有记忆，我们就像一艘没有系泊在码头上的船，会漂向无意识的状态。对洛克来说，构成个体的是有意识的自我。他写道："只要意识可以向任何过去的行为或思想延伸，那个人的身份就能随之延伸。"换言之，一个人的身份是通过将他过去的状态与现在的状态联系起来的记忆来维系的。

当代哲学家德里克·帕菲特对这个观点提出了现代的解释。他将人定义为相互联系的记忆、意图、思想和欲望的集合体。帕菲特讨论了一个思想实验。在这个实验中，一个人的身体和大脑被分解成精密的细胞状态，然后将这些信息传送至火星，在那里创造原来这个人的复制品。该复制品拥有完全相同的大脑和身体，无论是外表、思维、行为，还是对过去经历的记忆，都和原来那个人一模一样。如果原来那个人死了，那么说他还活在复制品里是不是不合理呢？

帕菲特的观点体现在西方的自主性和理性价值观中，是以认知为中心的。它将一个人定义为在时间上连续的思想、感知和欲望——换句话说，就是精神状态——随着时间的推移而不断衔接起来的人。从这个角度来看，你的人格就像一部贯穿你一生的电影，可以追溯至过去（至少追溯到你的学龄前时期，也就是长期记忆的开端），并投射到未来。缺乏心理上的连续性——记忆的体现——个体身份就失去了意义。从某种意义上来说，霍格威这样的养老院是在试图通过与过去生活的物理联系和提醒，恢复心理上的连续性。

然而，当你仅仅通过一个人的精神生活来定义他时，就会出现一种导致人性丧失的滑坡。举个例子，帕菲特写道："在心脏停止跳动之前，一个人可能是逐渐停止存在的。"他补充道："我们可以合理地认为，如果这个人已经停止存在，我们就没有道德上的理由去帮助他的心脏继续跳动，或者避免阻止这种情况发生。"

其他现代思想家也对患有严重痴呆症的人提出了类似的观点。例如，普林斯顿大学的伦理学家彼得·辛格曾写到，对神经系统受损的婴儿或患有晚期痴呆症的成年人实施安乐死并不是一种重大的道德犯罪。辛格在他的作品《重新思考生与死》中写道："只有人才会想要继续活下去，或者对未来有计划，因为只有人才能理解自己存在未来的可能性。"他接着写道："这意味着，违背人们的意愿结束他们的生命，与结束非人类生物的生命是不同的。的确，严格地说，对于那些非人的生命，我们不能说是违背或者遵从它们的意愿结束其生命，因为它们没有能力在这样的事情上具备意愿。"辛格在另一本书《实用伦理学》中写道："一个生物是否是人类……并不影响杀死它的错误性。真正起作用的是理性、自主性和自我意识等特征。"

这些哲学观点甚至得到了法律的认可。2003年3月，79岁的苏格兰男子肯尼斯·埃奇用枕头闷死了与他结婚55年、患有精神错乱的85岁妻子温妮·弗雷德。除口头警告外，他没有受到任何惩罚或罚款。该案的法官史密斯夫人说:"当你试图照顾的人已经不再是与你结婚的那个女人,你承受了巨大的压力和负担。"

不过,套用新生儿学家约翰·怀亚特的话来说,海马体(也许还有大脑皮层和丘脑)中一些神经元集合的完整性如何能够决定一个人是否具有人格,从而有权享有这种称号带来的权利、道德保护和尊重呢?人格这种如此重要的特征怎么能归结为大脑的几个部位呢?

有一种哲学观点与之正好相反。它认为,构成人格基础的心理"连续性"无论如何绝对不是连续的。比如,我可能不记得小时候的经历,却能清楚地记起年轻时的经历。当我是个年轻人时,又清楚地记起小时候的经历。因此,如果现在的我和年轻时的我是同一个人,年轻时的我和小时候的我也是同一个人,那么,即使在心理连续性的情况下,我也一定还是小时候那个人。很明显,仅凭记忆并不能完全确定个体身份。

不仅如此,从这个角度来看,心理连续性并不单单是靠记忆来维系的。严重痴呆患者通常保留的意图、信念、价值观、习惯和其他无意识行为也能维系记忆。

心理连续性对人格至关重要的说法也有其缺陷。一个人生活在其他人的系统当中。我们不仅是我们的智力,还有我们的关系、联系和互动;这些东西也赋予了我们生活的意义,并有助于我们构建人格。举个例子,我父亲可能不记得我们每周日都会去印度卷饼之家吃午餐,但他仍然知道,无论餐馆在哪儿,我都是那个带他去吃饭的人。我们仍然共享着一种家庭关系、一种历史,即便他并非总能记得这段关系和历史。他仍然是我的父亲,因为我认为他是。

社会心理学家汤姆·基特伍德辩称，将自我简化为认知能力是一种有缺陷的、本质上是学术性的练习。他写道："在这样的争论背后，我们可以看到一个模糊的阴影。即曾经的自由主义学者的影子：善良、体贴、诚实、公正，最重要的是才智超群。情感与感觉在这一切中只占很小的一部分，自主性被赋予了高于关系与承诺的地位，激情根本没有位置。"

换句话说，传统的人格构成范式并没有充分重视人类存在于认知能力之外的丰富性。人不仅存在于自己的内心世界，也存在于公共空间。正是这个空间不断赋予重度痴呆症患者生活的意义。正如20世纪神学家马丁·布伯所说："精神不在'我'之内，而在'我'与'你'之间。它不像在你体内循环的血液，而是像你呼吸的空气。"

冬天，我带父亲去看戈登医生。距离我们第一次去找他看病，已经过去了四年。父亲的病情明显恶化了。现在他的智力测验分数是17分，满分30分——此前大约是24分——明显发展到了中度痴呆。我们很难知道这样的下滑其中有多少是因为我母亲去世后导致的抑郁。不管父亲的心理状态如何，他的脑部疾病也已明显恶化。核磁共振扫描显示"白质中微血管缺血改变恶化"，表明是由大脑血管阻塞引起的"血管性"痴呆（可能源自父亲长期未治疗的高血压）。但还有"中脑容量减少"和"海马体区域颞叶体积不成比例的减少"，表明也存在阿尔茨海默病。父亲行为的复杂性、令人抓狂的不可理解性，都在扫描图上表现得一清二楚，归结起来，就是他那伤痕累累的大脑出现了几毫米大小的变化。

戈登告诉我们，大脑中的血管异常问题通常与斑块和缠结共存。事实上，混合型痴呆现在被认为是老年患者中最常见的痴呆形式，尽管这种说法基本上仍然停留在学术层面，因为二者都没有好的治疗方法①。尽管如此，人们还是可以采取一些措施来降低患痴呆症的风险：例如饮食健康和足量运动。2015 年，芬兰的一项研究表明，遵循富含全谷物、鱼类、水果和蔬菜的地中海式饮食，可以在两年的时间里改善老年人的认知能力和决策能力。类似的研究表明，即使在淀粉样斑块存在之类的大脑病变的情况下，高水平的体育活动——就算是简单的家务，如做饭和打扫——也与老年人更好的认知能力相关联。

其他显示出预防效果的措施包括：充足的睡眠、参加能刺激大脑的社交与认知活动、避免吸烟和大量酗酒，以及尽量减少压力。其中许多措施也可以减少心血管疾病的风险。事实上，如今有强有力的证据表明，心血管风险因素也是痴呆的风险因素。一项建模研究推测，即便只是适度减少心血管风险因素（如糖尿病、高血压、肥胖、吸烟和缺乏体育活动），也能使全球阿尔茨海默病病例的总数减少 100 万。

虽然核磁共振成像没有解释原因，但父亲的步态也变得不稳定了。那年的冬天他频繁跌倒。2018 年圣诞节后的一个晚上，他在去卫生间的路上跌倒在卧室里，头撞在了木地板上。我们立即停掉了他的阿司匹林（一种血液稀释剂），以及戈登医生开的阿尔茨海默病治疗药物艾斯能，但他还是会经常跌倒。两周后，他在黑暗中莫名其妙地迈上了跑步机，再次摔倒。当我大

---

① 20 世纪的大部分时间里，人们都认为血管性痴呆症是老年人脑退化的主要原因。重心后来转向了阿尔茨海默病。如今，人们越来越多地认识到了血管病变在阿尔茨海默病中的重要性。现在的人们认为，多种病理因素可能会结合起来，形成这种疾病的典型退化性脑状态。

声质问他为什么要冒这么大的风险时,他沮丧地承认自己"犯了一个愚蠢的错误"。但我知道,一次重大的跌倒事故只是时间问题。

事情发生在 2019 年春天一个阳光明媚的晚上。我们接到哈温德的电话,说父亲在他家的那条街上摔了一跤,是被人行道上的裂缝绊倒的,这次脸栽倒在混凝土上,右眼上方开了一个口子。他还昏厥了几秒钟。

我在沃尔格林超市的停车场里见到了哥哥和父亲。拉吉夫开车送他去那里买绷带和清洁伤口的用品。父亲斜靠在后座上,表情有些茫然。鲜血从他眼睛上方的伤口和他用来抵挡摔倒的那只手上滴落下来。不过他否认身上有任何痛感,说他只想回家睡觉。我们知道,如果送他去急诊室,即便利用我们的医院(员工)资源使用权,这也将是一个漫长的夜晚。因此在拿到所需的用品后,我们就把他带回了家。

那天晚上,他又从床上摔下来两次。第二天早上,我要飞往伦敦参加一个图书颁奖典礼。我考虑过取消这次旅行,但拉吉夫坚持要我去。就在登机前,我接到了他从北岸大学医院急诊科打来的电话。他带父亲去那里进行了评估。CT 扫描刚刚显示,父亲有硬膜下血肿,头骨下方正在淤血,并向大脑内部渗透出血。虽然渗血量相对较少,但医生已经决定让他留院观察。

他在医院里住了三天。那段时间非常难熬,因为我不在身边,只能由哥哥每天向我汇报最新的情况。父亲变得神志不清、分不清方向,还会和护士对着干,坚持要回家。幸运的是,血肿保持稳定,在我从伦敦回来之前,父亲已经可以出院了。

然而,在接下来的几天里,他的步态进一步恶化了。又过了一周,我和哈温德带他去做神经外科随访时,他已经几乎无法行走，摇晃地拖着脚步穿过诊所的停车场，脚底在温热的柏油路上蹭来蹭去。我费力地将他扶上台阶，走到双开门的地方，一位护理员正推着轮椅等待送他去做那天早上安排的CT扫描。

扫描结果显示，血肿明显增大。现在我父亲的大脑在他的颅骨里向右移动了近一厘米。因为他的大脑萎缩了很多，所以颅骨还能再容纳几毫米的移动，但空间已经不多①。一旦大脑被推向颅骨内壁，就会引发严重的、可能无法逆转的损伤。

做完扫描，我用轮椅把父亲推回了神经科楼八层，并在那里见到了杰米·乌尔曼医生。一周前，父亲住院期间，正是这位神经外科医生一直在照料他。她告诉我，他在前一周出现的步态困难和其他一些奇怪的行为（包括在淋浴时排便）可能是血肿扩大的结果。她表示，淤血给额叶造成的压力可能会导致患者失去自控力。患者的身上还可能出现以前隐藏的欲望，同时对这种行为的不适当性缺乏意识。"这可能会带来很大压力。"她同情地表示，同时瞥了哈温德一眼。

看完CT扫描结果，她说我们有三个选择：在颅骨上钻一个孔，排出血肿；使用类固醇（比如地塞米松）来抑制组织炎症；或者再观察父亲一周，看看血肿能否自行消退。鉴于父亲的病情迅速恶化，她建议进行一种"减压颅骨切除术"，切除一块两英寸的颅骨，为血肿的排出创造一个"窗口"。这个手术可能可以**挽救生命**，但也存在风险：血管受损、脑脊液泄漏、感染甚

---

① 萎缩大脑所在的颅骨内过剩的空间会产生一种吸引作用，导致血液和液体充满骨头下方和脑室内，即大脑充满液体的腔室。苏格兰著名病理学家马修·贝利可能是第一个提到老年痴呆症患者的大脑具备这种独特特征的人。1793年，他在教科书《人体某些最重要部位的病态解剖学》中写道："在这种情况下，脑室有时会出现增大和积水的情况。"不过他并没有意识到，这种增大是萎缩或痴呆症的迹象。

至中风。全身麻醉也可能导致并发症,包括 ICU 谵妄。乌尔曼表示,手术后"他可能需要被绑起来。这本身就存在风险"。

我问她,如果这是她的父亲,她会怎么做。作为一名医生,我经常被问到这个问题。它似乎概括了病人或其亲属在危机中想要知道的一切。即便提出了这个问题,我也不禁在想,它肯定传达了某种不信任与怀疑,暗示医疗护理是情境化的。也就是说,如果你更爱患者,做法就会有所不同。

乌尔曼肯定地表示,她会选择手术。于是,在和哥哥、妹妹讨论之后,我同意进行手术。与父亲已经几乎无法行走的事实相比,手术的风险微不足道。如果血肿加重,他无疑会卧床不起。我们知道他不想这样度过余生。前路虽然坎坷,但十分清晰。

从神经外科病房出来,我把父亲带到医院的接待处。他们在他的手腕上绑了一个条形码,使用激光像识别杂货一样对他进行了识别。我代表他签了一堆的表格,主要是为了符合隐私和其他规定。然后他就被转移到了三楼的降压病房接受观察,直到第二天早上的手术。

那天晚上,护士们进进出出。我坐在他的床边,试着给他强行喂些土豆泥和鸡条。这是他手术前能吃的最后一顿饭,可他就是不吃。我给了他几片橘子,他嚼了嚼,尝了尝甜头就吐了出来。他冷漠地小口啃着一块糖果,弄得雪白的被单上到处都是巧克力。他已经近两天没有好好吃过东西了,几乎食欲全无。

夜里 1 点,我离开时他已经睡着。他的面容虽然憔悴,却几乎没有一丝皱纹,看上去比 79 岁的实际年龄还要年轻 20 岁。我意识到,除了大脑,他的身体并没有什么太大的毛病。

手术将在第二天早上的7点半进行,是个星期六。按照计划,神经外科主任、我哥哥的一个朋友将负责这台手术。手术持续了大约两小时。纳拉扬医生剥开了覆盖在父亲颅骨后面的皮肤和组织,露出了颅骨。接下来,他用钻头和锯子切出了一块便利贴大小的骨头,排干凝固的血液,让父亲被压缩的大脑得以重新扩张。然后把骨头放回去,包扎伤口。

在麻醉后的术后监护室里短暂停留之后,我父亲被送到了神经外科ICU的一个小房间里。那天早上11点左右,我发现他侧身躺着,看起来十分痛苦。一名护工助理一直在密切监视着他,以免他拔掉头皮上那根用于抽出带血液体的细管。

那天晚上,他时睡时醒。第二天早上,我发现他挣扎着坐在床边的便椅上。"真可惜。"他喊道。

"什么可惜?"我问。

"这家医院。"他回答,"什么都不好用!"

他可能是在说他自己。手术后,他的主要问题不是大脑周围出血,也不是手术的并发症,而是基本身体技能的崩溃,比如排尿。尿潴留最初是由麻醉药物引起的,但会由于包括止痛药、镇静剂和身体缺乏活动在内的各种原因持续存在。他的膀胱有时会肿胀到危险的程度。即便如此,他还是愤怒地赶走了试图给他导尿的护士。"女士,请不要这样做。"他开始时还很礼貌,"求你了,女士……这很疼!"

"博士,我们得为你排空膀胱。"

"不要!"

正如乌尔曼预测的那样,我父亲很快就被套上一件波西背心,绑在了床架上。他朝着护士大喊大叫,让她们放了他。

"你不能离开这里。"我试着向他解释。他还是徒劳地想要挣脱背心的束缚。

"为什么不行？！"

"因为你摔倒了，爸爸。你做了脑部手术。"

他困惑地坐下来，让自己短暂喘息——直到大脑中的录音机重新开始播放。

术后住院大约一周后，他的头部 CT 扫描结果显示了一些改善。他颅骨中线的偏移从 12 毫米减少到了 6 毫米，大脑也终于恢复了比较正常的形状。

他出院的前一天，哈温德在 ICU 的走廊里把我拉到一边。一天中的大部分时间里，都是哈温德陪在他的身边。

"你们兄弟俩应该经常来看看他。"她说，"我会陪着他（她已经同意全天候看护我的父亲，直到他康复），但儿子才是特别的。他渴望感受到他的儿子们愿意花时间来看他。"

"你说得对。"我答道，心中充满悔恨，"我们做得还不够。从 1 分到 100 分，我们可能只能打个 25 分。有的儿子会把父母接到自己的家里。"

"在这一点上，你是 0 分。"她冷冷地说。

我过了一会儿才接受了这句话带来的打击。

"经常来就好了。"她继续同情地说，似乎对自己的话感到抱歉，"如果你们几天不来，他就会说：'看看我的孩子们，他们都不来看我。人老了就没人在乎了。'他抚养你长大，让你成为医生。如果你不履行自己的职责，我们都能感受到。"

第二天，父亲回家了。医院团队建议他去康复机构住一段时间，但很明显，父亲在其他机构中的表现也不会很好，于是我们拒绝了。

那天晚上，我们聚在他的家里共进晚餐。父亲坐在客厅里母亲的旧躺椅上,静静地看着电视。家里的其他人——包括从明尼阿波利斯飞来的妹妹——都坐在餐桌旁。晚餐吃到一半,他终于开口了。"你们的妈妈呢?"他问道。他已经好几个月没有提起过她了。

哥哥赶紧站起身。"妈妈不在这里。"拉吉夫说。

"她去哪儿了?"父亲质问道。

我放下餐具,走到他跟前。"爸爸。"我跪在他的身旁轻声告诉他,"妈妈三年前就去世了。"

他看着我,好像我疯了一样。"一个月前,她才和我一起飞到这个地方。"他哭了,"给航空公司打电话,问他们:'有一名乘客失踪了,她出了什么事情?'"

我正要开口说话,却被拉吉夫打断了。"我们明天就给航空公司打电话。"他附和道,"现在飞机还在飞行过程中。"

我狠狠瞪了他一眼,但父亲似乎对这个计划没有什么意见。"好吧,求你们记住。"他叮嘱拉吉夫。

在他基本上拒绝吃饭之后,我和哈温德把他送上了楼。我们首先带他去了洗手间。他飞快地刷好了牙,然后我们搀扶着他走到床边。"挪一挪。"我说。他摇摇晃晃地向床垫退去。"再退一点,再退一点。好了,坐下。好。现在转身躺下吧。"

我把被子拽到他的身上,然后拉起了我们趁他住院期间安装的钢栏杆。我试着让他抬起头,以便再在下面塞上一个枕头,让他更舒服一些,但他就是懒得抬头。咬紧牙关,经受打击:这是他一生都在践行的事情。

我打开电视,把音量调小,好让他睡觉。他目不转睛地盯着天花板,眼睛眨得飞快,颅骨伤口周围的钉子时不时在月光下闪着亮光。"桑迪普,"他犹豫着叫了一声,"等我回家了……

你能把你妈妈的电话号码告诉我吗？"

"我们以后再说吧，爸爸。现在你赶紧睡觉。"

"你能给我她的电话号码吗？"

"他以前也这么说过。"哈温德低声说。

"那你是怎么跟他说的？"

"我能怎么跟他说？"她举起双手答道，"我会告诉他真相。"

"求你了，桑迪普。"父亲伸手摸了摸我的胳膊，"我只想和她说说话。"

"爸爸，那个号码已经没了。"我畏缩了，"我告诉过你，妈妈三年前就去世了。无论我们做什么、说什么，都不能让她起死回生。"

"你怎么知道？"

"我们参加了她的葬礼。"

"你去参加她的葬礼了？！"他试着坐起身，但脑袋几乎无法从枕头上抬起来。

"你也去了。"

"我没有。"他吼道，"你就是这么一个人！就知道坐在那里，连你妈妈去哪儿了都不知道。"

当我回到楼下，拉吉夫和苏尼塔正坐在客厅里讨论父亲的护理计划。"还有什么好说的？"我去厨房拿水时，拉吉夫说，"哈温德星期天要去上班。"

"我们得让她高质量地陪伴他。"妹妹催促道，"他正处于关键时刻，需要动动脑筋，否则情况会更糟。"

"你的期望太高了。"拉吉夫轻蔑地说，"我们现在已经无法让他好转了。"

妹妹瞪了他一眼。"如果我们不让他用脑，他会变得更加糟糕。"她故作冷静地说。这种平静通常是暴风雨来临的预兆。

"我很抱歉，但你的想法太无知了。"拉吉夫回答，"爸爸的情况已经变了。我不知道他需要什么样的照顾，但我向你保证，光靠哈温德是不够的。所以请不要批评她，让我们尽可能长久地相处下去。"

"批评她？"苏尼塔提高了嗓门，"一直是我求她留下来的，否则我们就得把他送去养老院。相信我，她是因为我才留下来的，不是因为你们！事实上，她觉得你们俩都他妈的糟糕透顶！她说她从没见过你们这样的儿子，也没见过这样的嫂子。所以说话之前请三思！"

"不管怎样，我们是不会把爸爸送去养老院的。"我坐了下来，"我们会把钱花在家庭护理上。"

"我之所以提起养老院的事情，是因为她今天告诉我，她只会再待几个月。"苏尼塔说，"所以很明显，如果她离开，我们将不得不考虑养老院。他不会打电话，还在房子里乱尿，甚至不能把他的——"

"她不是唯一的护工。"我打断了她，"我们可以找一家专门治疗痴呆症的机构。这肯定是要付钱的，反正我们也必须支付养老院的费用。"

她沮丧地摇摇头，眼里噙着泪水。"我简直不敢相信会发生这种事情。"她说，"我离得太远了，什么也做不了。"

"这就是为什么妈妈死后我从未哭过。"拉吉夫说。

"你为什么不哭？！"她脱口而出，眼睛冒着火。

"我有点释然。"拉吉夫平静地回答，"我看到了不祥的预兆。我和你们一样爱着妈妈，但她过得苦不堪言。我最担心的是她会摔断髋骨，痛苦不堪。"

"那不代表她死的时候你不能哭。"妹妹恶狠狠地说。

"我没有把这当成什么荣誉勋章,我只是在告诉你事实。"他伸出手臂搂住她,语气柔和了许多,"你的期望是什么,苏苏?他们需要务实。平静、没有痛苦、保有尊严。"

"我知道。"她抽泣着说。

我回到楼上时,哈温德还陪父亲坐着。他闭着眼睛,脑袋后仰,鼻孔微张,轻轻地打着鼾。哈温德在他的脑袋两边各放了两个枕头,以免刺激他的伤口。其中一个枕头滑了下来,部分遮住了他的嘴巴。我把手放在上面。我允许自己这样想:再用点力,这段漫长的故事就结束了。

我把手移开。父亲睁开了眼睛。"哦,你来了。"他说。"是的,我来了,爸爸。你需要什么吗?"

他摇了摇头。"你把皮娅带来了吗?"我忍不住笑了。"是的,她在楼下。"

他深吸了一口气,靠回到枕头上。我们就这么一言不发地坐着。他的眼睛睁开了。在四周的光线下,我可以看到他的嘴唇在挪动,发出微弱、模糊的声响。

"你在说什么,爸爸?"

他摇了摇头,但还在继续喃喃自语。

"他有时会唱这首歌。"哈温德说。我问她歌名,她也不知道。

"爸爸,你在唱什么?"

他没有回答,但嘴唇继续慢慢地颤动。"禅……吉特汗……古扎里……"

哈温德终于听出来了,"他在对着月亮唱歌。"

那天晚上晚些时候,我在谷歌上搜索了歌词。它们来自一首古老的旁遮普情歌——《亲爱的，你在哪里过夜？》，歌词是这样翻译的：

> 我因为你的记忆，
> 和天上的星星一起，彻夜未眠。
> 你忘记了你的承诺，
> 忘记了你说，很快就会回来。
> 那是你离开前说过的话。
> 哦，月亮，你在哪里？
> 哦，月亮，你在哪里过夜？

12

如果你不懂数学,那不是我的问题

出院回家后的几个晚上,父亲彻夜难眠,大声呼喊我、母亲、妹妹(她已经飞回明尼阿波利斯)和哈温德。半夜三更,哈温德在客房里一躲就是几小时,试图避开这个怒气冲冲地在屋里走来走去的老人。视频里,我看到他在凌晨3点把她叫醒。"我们得走了。"他哭着说,"我们要赶不上火车了!"他开始往床上扔东西。"那个为我工作的女人。她在哪儿?"

"我就是那个女人。"哈温德回答,但他不相信她。当他问到他的妻子在哪儿时,哈温德说她很多年前就去世了,却被他赶出了房子。和往常一样,她偷偷溜了回来,在客房里躲了几小时,直到他在楼上的走廊里踱步踱累了,终于睡着了。到了第二天早上,一个多云的星期六,他好多了。一位探视护士计划今天来家访,评估他的家庭护理需求,所以我不到9点就开车去了他家。

我到的时候,他还躺在床上。我带他去洗手间里洗漱。他一瘸一拐地走进厕所，尿在了马桶盖上，然后走到水池边洗手，望着窗外邻居家的院子说："有人开了一条水渠。"

"那是游泳池，爸爸。"我忍不住纠正他。

"是的，但他们也有水渠。"他含混地说。这一次，我没有纠正他。

他坐在浴缸边上，任由我们费力地脱下他的四角裤。我打开淋浴间的水龙头，费了好大的力气才让他坐在了隔间里放着的椅子上。我用一个透明的塑料袋盖住他的头皮，防止水溅到缝合的伤口上，然后打湿他的皮肤，给他赤裸的身体涂上了泡沫。为了冲掉泡沫，我用塑料杯盛上温水倒在他的背上。"可以吗？"我问，就像以前我们去基督教青年会游泳后，他给我洗澡时一样。

"又舒服又暖和。"他感激地说。

给他洗完澡，我带他到水池边刮脸。他一直抱怨剃刀坏了，现在我明白了原因：塑料保护帽还套在上面。摘掉保护帽，我轻快地划了几下，点缀着胡屑的白色小团掉进了水池。"它能用了！"看到刮擦变成了平稳的滑动，他兴奋地说道。

离开浴室之前，我让他吞下了早上该吃的药。"明天开始该吃哪一天的药？"我把药盒拿给他看。

"桑迪普，求你，别管我。"他疲惫地回答。

"爸爸，今天是星期几？"

"今天是星期几？我不知道。"他看了看挂在墙上的日历，"今天是星期几？"

"你告诉我。"

"星期五？"

我摇了摇头。

远去的父亲 / 152

"星期一?"他问。

"不,今天是星期六,因为我今天不用上班。那你明天吃什么药?"

他指着最左边的那个格子。

"那是星期一的药。我们说的是明天早上。"

"我不知道。"他说,放弃了。

"星期六之后是哪一天?"

"星期天。"

"所以你要吃什么药?"

"这一格。"他终于指向了对的那一格。

我告诉自己要有耐心。这令人困惑。一周的天数是循环往复的,药盒却是线型的。我们想当然地认为大脑可以调和这些截然不同的概念,事情之所以轻松,只不过是因为我们的大脑让它如此。我提醒自己,要对大脑还能发挥作用心存感激。

回到卧室,洗完澡、刮了脸的父亲看上去轻松了不少。"所以你有什么计划?"他轻快地问道。

"没有什么计划,爸爸。我要在这里待几个小时。"

"你是说陪我吗?"他顽皮地笑了,"天哪,我真幸运。"

我笑了。"你心情不错。"我说。

"看到你,我的心情就很好。"

"那我应该常来。"

"是的,没错,年轻人。"他兴高采烈地大声答道。他腰上围着毛巾站在那里,开始穿四角裤。

"不,坐下。坐下,穿上你的……停!"

"怎么了?"他吃了一惊。

"你把两只脚放进同一个洞里了。"

"两只脚放进同一个洞？"

"是的，你不能这么做。"我让他坐在床上，向哈温德呼救。她出现后叫我靠边站，让她来给他穿衣服。她提醒我，这件事情她已经做了一年多。

待他穿好衣服，我搀着他下楼。我站在他的身后，随时准备伸出双手扶住他。他身体前倾，双手扶着栏杆，慢慢地走下台阶。

"这些台阶会成为问题的。"拉吉夫站在客厅里说，"对患有脑部疾病的父母来说，这绝对不是什么好房子。"

门铃很快就响了。拉吉夫去开门。前来家访的护士名叫芭芭拉。父亲出院时，她被安排来做家庭评估。她提着皮包走进门厅，朝客厅里看了看，立刻开始估算房子的尺寸。哥哥把她领到了餐桌旁的一个座位上。

我们聊了大约半小时。父亲就静静地坐在那里听着。她告诉我们，医疗保险会支付家庭护理的费用，包括物理治疗。我的父亲显然符合条件，但只能接受短期治疗，直到身体好转。至于长期治疗，他就得申请医疗补助了。为了达到财务资格标准，我们必须创建一笔信托来合法保护他的资产。即便如此，也还需要等待一段时间。等待期结束后，她无法保证能否还让哈温德继续担任主要的照料者，至少不是全职的。我和哥哥、妹妹已经决定，不会做出任何有可能损害哈温德与父亲之间关系的决定。所以，我告诉芭芭拉，医疗补助不是我们的选择之一。

她询问我父亲摔跤之前的状况。我告诉她，直到一个月前，他一直都是一个人在附近散步，甚至可以和哈温德一起开车去乔氏超市。她难以置信地看了我一眼。"不用我说，"她压低嗓门,"你们现在就应该把他的车钥匙拿走。"

我们早在事故发生之前就已经决定这么做了。在所有的孩子中,我坚持的时间最长,总是希望能够保护他的自由,就算我们必须逐渐缩短他可以开车的距离。事情的转折发生在他摔倒前大约一个月的时候。在一条繁忙的道路上行驶时,他竟然询问从未学过开车的哈温德,哪个是油门踏板、哪个是刹车。两周后,他在车道上倒车时撞上了邻居的车(他否认了这一点)。后来,拉吉夫就把那辆旧奥迪给卖掉了。

我带着芭芭拉上楼检查父亲的卧室。她指出了潜在的滑倒危险,比如浴室的地毯,并提供了一份防止绊倒和摔倒的检查清单。她说我们必须在淋浴间安装抓杆,还要在父亲洗澡时监督他。他绝对不能单独被留在浴室里,至少在他恢复体力和平衡感之前不可以。当我告诉她,他和哈温德可能都不会愿意执行这个计划时,她表示如果可能的话,她会申请一名男性护工来帮他洗澡,但等待名单很长。这是最难填补的居家护理需求之一。"他多久洗一次澡?她问道。

"就一次。"我回答。

"一周一次?"她满怀希望地问。

"一天一次。"我高声答道。

临走前,她说她会尽可能多申请几项家庭服务,包括物理和专业治疗,但预算紧张,她无法做出任何承诺。她表示,无论如何,周一都会有人联系我们。(最后,我的父亲请了一位女性淋浴护工,但大约一周后就解雇了她。他还请了一位理疗师上门服务了两周左右。)

芭芭拉和拉吉夫出门后,我也起身要走。"你每天还散步吗?"我站在前门询问父亲。

"不。"他回答。

"那每隔一天散步一次?"

"可以。"

"好吧,我每隔一天都会过来陪你散步。"我提醒他,现在是一个至关重要的时期。如果他想好起来,就必须充分参与身体康复锻炼。"记住,生活是一场斗争。"说到这里,我们俩都笑了,因为我们突然意识到——或许只是我——这话听起来和他说过的一模一样。

接下来的几个月里,父亲的身体的确强壮了不少。他很快就能独立上厕所了,最后又开始在附近短暂地遛弯。虽然他不记得摔倒的细节——事实上,他甚至不记得他摔倒过——但几个星期以来,他一直不敢出门。所以他肯定记起了什么,即便无法向我诉说。

虽然他的身体状况有所改善,精神状况却在持续恶化。那年夏天,他开始出现奇怪的幻觉。这些幻觉会以这样或那样的形式伴随他的余生。

"希克斯维尔有普萨学院吗?"一个星期天的下午,苏尼塔给拉吉夫和我发来短信,"我猜爸爸说的肯定是图书馆。我在耶路撒冷路上找到了一座,离他家有1.7英里的距离。你们有谁能送他去一趟吗?"

"普萨学院在新德里。"拉吉夫回复道,"那是他以前工作的地方。"这成了他的一个新习惯。每天下午,他从午睡中醒来,都坚持要去马图拉路上的普萨学院。到了半夜,他又会爬起来坚持要刷牙或洗澡,因为从印度来的印度人在附近的一个居住点定居了,他想去看望他们。大多数晚上,他都会告诉我,他想回家。

"你想回家是什么意思,爸爸?这……"

"桑迪普!当我说我想回家时,你应该知道我想回哪个家。"
"可是你就住在这里啊。"

"不是的!"

"那你住在哪里?这些是妈妈的照片!这是你的电脑。"

我们不知道硬膜下血肿是否扩大了,但不想再做一次CT扫描去查明。(如果扩大了,我们又能怎么办?)也许就像我读到的那样,头部受伤加速了他的阿尔茨海默病,或者痴呆症只是在按照自己的进度飞速发展。不管是什么原因,我知道父亲的精神病症预示着严重的预后。文献中一项又一项的研究表明,痴呆患者出现幻觉或妄想会增加残疾、住院和死亡的风险。

那年夏天还出现了其他的奇怪现象。父亲对冷热的感知变了——也许是病情的发展影响了他的下丘脑,这是大脑中控制体温的区域。室外温度达到100华氏度(约37.8摄氏度)时,他还要穿着毛衣和夹克。哈温德把冬衣藏进了地下室,以免他中暑。

他的其他行为也同样奇怪。他会让哈温德的表兄开车送他去银行,查看自己的存款余额和交易记录。其中大部分都不是他经手的,也没有一笔是他知道的。有时他会在银行待几小时,对着出纳员大喊大叫,要求解释。哈温德和她的表兄就在外面等待,或者去附近购物。"这是最糟糕的时期。"拉吉夫说,"因为他以为自己能理解,但他做不到。"

精神科医生古普塔建议我们去找他十分尊敬的老年精神科医生安吉拉·西库特拉征求第二诊疗意见。于是,2019年7月末一个炎热的下午,哈温德和我带父亲去找她看诊。我们把车

第二部 伤疤

停在皇后区一片破败的区域，附近都是铁链围栏和生锈的皮卡车。我们走进一栋破烂不堪的大楼，乘电梯去了她的办公室。西库特拉亲自在候诊室里迎接了我们，并把我们带到了后面。她是一个身材健硕的中年女子，留着棕色短发，举止直率、招人喜欢，至少与古普塔相比是这样的。她桌子上显眼的地方放着一个人类大脑的塑料模型。父亲坐在我和哈温德之间的一张小沙发上，这个模型就摆在我们面前。大家相互介绍时，他显得彬彬有礼，但我看得出来他只是想回家。

西库特拉开始采访时询问了我父亲的近况。我告诉她，他三个月前摔了一跤，后来做了手术，最近还出现了偏执和妄想——包括相信我三年多前去世的母亲还活着。"哦，天哪。"她同情地低声嘟囔了一句。父亲一言不发，只打断过我一次，问我们在谈论什么人。

"我们在谈论你呢，爸爸。"

"当他说'我们在谈论你'时，你能接受吗？"西库特拉问，"你有什么感觉？"

"我不知道。"父亲回答。

她问了他几个私人问题，但他的回答毫无意义。他说我们是在1947年印巴分治期间搬到美国的。他说他有两个女儿，而不是一个。其中一个女孩叫苏尼塔，大约十四五岁。

"你多大了，博士？"

"32岁。"

"你的工作是什么？"

"我忘了。"他飞快地答道。

"你是从事细胞遗传学的，爸爸。你还写过书。"

他笑了。"他想讨好我。"

他说话时，我注意到他的下巴一直在重复某个动作。一段时间以来，我一直以为那是某种情绪稳定剂造成的副作用，但西库特拉告诉我，患有痴呆症的人经常会出现持续性行为，比如摩擦皮肤或磨牙，这很有可能是额叶功能障碍的迹象。她说，这些行为很难停止，部分原因是患者通常无法意识到这些行为，也很少了解其破坏性影响。例如，你可以在他们的手上涂上面霜或手套，但他们的手上仍会出现深度切口，有时甚至需要抗生素来治疗伤口感染。

在认知测试中，我的父亲说现在是1939年，季节是9月。听完"香蕉""老虎"和"诚实"这几个词后，他可以立即复述出来，但三分钟后就一个也记不住了（不过，在一些提示下，他记住了"香蕉"）。他可以正确复述"上、后、下"这几个词。给他看图片时，他能说出铅笔、手表和皇冠的名字，但其他图片只能引起非特定的反应，比如"家具""动物"和"鸟"。他的语义知识退化了。他回答说，一枚5分硬币的价值是10美分。

西库特拉让他写一个句子，和戈登医生四年多前要求的一样。但现在的结果大不相同。

"什么句子？"他不耐烦地问。他已经在那里待了将近一小时，耐心正在逐渐耗尽。

"你来决定。"西库特拉回答。

"夫人，你把我弄糊涂了。写一个关于什么的句子？"

"我想让你来决定。你怎么想就怎么写。"

他盯着空白的纸张看了将近一分钟。"我不知道你想让我写什么。"他说。

"什么都行，爸爸。想到什么就写什么——"

"好吧，那就别管了。"他打断我的话，把纸放在一边。于是，我们只好继续下一项。

很明显，自从去年冬天找戈登医生看病以来，他的病情恶化得很快。我一直在阅读有关血液检测的报道。这种检测可以在严重脑损伤之前的阿尔茨海默病早期阶段就检测出这种病症，在症状显现之前测出血清中的 β-淀粉样蛋白和 Tau 蛋白的特征。专家们预测，这种检测最终可供居家使用。它显然存在风险，比如雇主和保险公司的歧视、家人和朋友的污名化，以及后续验证的成本和负担，但在那个 7 月的午后，我清楚地意识到了早发现痴呆症的好处。要是我们能早点知道他的病情，父亲就能早点退休，和母亲共享更多的时光。他本可以在他还有能力时与我们讨论临终规划。但他早已丧失了在这类谈话中拥有发言权的可能性。

正式测试完成后，西库特拉拿起一个海绵球扔给我的父亲，他没有反应。他不知道该怎么处理地板上的球，于是她指示他把球扔回给她。他做到了。她接住后又扔了回去，这一次他接住了。球来来回回地飞越桌面。不久，我注意到父亲在微笑。

"我们相信智力和社交的刺激是有效的，不管是在疾病的哪个阶段。"西库特拉告诉我，同时继续和他玩着接球的游戏。尽管他已经忘记了一切，却显然没有忘记该怎么接球。"我和所有的病人都会这么做。这有利于手眼协调，还能让他们活动。"

她建议，为了让父亲平常多多活动，或许值得为他报名参加一个日间项目。当地有几个不错的项目，一个在格林维尔的犹太社区中心，另一个在他家附近的韦斯特伯里长岛阿尔茨海默病基金会。该项目能让他有机会玩游戏、听音乐，与其他的病人见面和互动。看到我对父亲是否会同意这个计划表示怀疑，西库特拉说："很多人都说过同样的话：'我的母亲不爱参加活动''我的父亲不爱交际'。好吧，他现在能与我合作，我明白这也许是因为白大褂的缘故，但我接诊过的病人中也有人会把球推开。至少他在努力。"她希望父亲每天增加一些活动，这也许能够阻止他的头脑紊乱。在那之前，她打算开个处方，让他早中晚都服用抗精神病药思瑞康。

"你对我们谈论的一切都没有意见吧？"她转向我的父亲问道。

他想了想。"你的问题和答案太多了。"他总结着下午的经历，"我唯一的问题是，这能有用吗？"看来，这位老科学家依旧能够一针见血地切入问题核心。

"博士，我希望能让你的日子过得轻松一些。"西库特拉回答，"我建议你找个项目锻炼锻炼，走出家门。"

"一次要坚持好几天那种吗？"他问。

"不用，一周只要一两次就行。"

他耸了耸肩膀。"在我看来，这很荒谬，如果你的感觉不一样，那我唯一的问题就是，这会有帮助吗？"

几周后，在一个大雨过后阳光明媚的日子里，我把车停在家里，送父亲去韦斯特伯里的长岛阿尔茨海默病基金会参加他第一天的活动。那天早上，哈温德为他穿了一套灰色的细条纹西装，系了一条佩斯利花纹的领带。经过一番鼓励，他似乎十分期待这一次的体验。哈温德的期望也很高，不仅仅是因为这个项目每周能为她提供三次三小时的休息时间。

阿尔茨海默病中心位于一条繁忙的大道上，附近有廉价的汽车旅馆和一座橄榄花园。在大厅里，我仔细阅读了有关互助团体和陪伴服务的信息小册子，等人领我们进去。没过多久，戴着眼镜的社工梅利莎走了出来，把我们领进一间会议室，并为我们端上了咖啡。看到父亲试图通过吮吸塑料搅拌器来喝咖啡，她笑了，然后向我们简要介绍了一下这个设施。介绍结束后，她递给我的父亲、哈温德和我每人一本小册子。"长岛阿尔茨海默病基金会。"父亲大声念道，然后把宣传册插进随身带来的一卷报纸里。

由于我已经在电话里把父亲的病情告诉了梅利莎，她把我们带到大厅，来到了活动正在进行的地方。有三个房间正在使用。在第一个房间里，患有轻度痴呆症的参与者坐在一张大桌旁做着填字游戏。一名助手来回走动着检查他们的进度，给予大家鼓励："干净得像——""静水流——"靠近房门的桌子上摆着一摞书和很多填字游戏卡片，看起来和任何一家养老院的宾果游戏室没什么两样。"我们觉得这不是最合适的。"梅利莎说。

在隔壁的房间里，几位年长的参与者正弯着腰坐在轮椅上。房间里没有任何声音和动静，只有一名助手安静地坐着。此人挥了挥手与我们打招呼。这个房间让我想起了祖母度过生命中最后两年的记忆病房。听到梅利莎说，父亲被分配到了第三个房间，我松了一口气。

我们进去时，年轻的顾问朱丽叶迎了上来。她穿着红色休闲运动服和运动鞋，头上系着一条红色的大手帕。她自我介绍称，她在中心工作只有一年的时间，但从事家庭保健和痴呆症陪伴行业已经快六年了。"我们在这里可做的事情很多。"她欢快地说道，把父亲领到了一张长桌旁的座位上，"聊天，听音乐，看视频。我们还可以进行演讲活动。"

那天早上，他们在进行"艺术疗法"：用蜡笔给动物形象上色。有人递给我的父亲一张画有火鸡的画和一支棕色的蜡笔，让他给画上色，并确保笔触落在轮廓以内。父亲拿起蜡笔，但似乎并不知道该如何操作。他用蜡笔画了一个短条纹，然后放下了笔。

"这对你有好处，爸爸。"我试图鼓励他。

"来吧，博士。"朱丽叶插话道，"你可以把这张画送给你的孙子。"

在父亲的坚持下，哈温德在他的身旁坐了下来。他开始动手涂色。

"我们会尽量劝阻助手帮忙。"我们迈上走廊时，朱丽叶低声告诉我，"这样他就没有拐杖可以挂了。"

"看来，他对这个活动不太感兴趣。"我抱歉地表示。

"他可能是在保护自己，因为他不知道该怎么做。"她说，"他喜欢运动吗？我们可以给他一个洋基队的标志。"

"他是个科学家。"我解释道，"我不确定他能否理解其中的意义。"

我们回到屋里时，父亲已经放下了蜡笔。他的面前放着一只泰迪熊。一名助手问他想不想抱抱它。"桑迪普，我想我们该走了。"他说。

"给这里一个机会吧，爸爸。"我劝他，"他们有很多活动。"

朱丽叶问他还想做什么。"他的数学很好。"我说。

"爸爸，27 加 18 等于几？"

"什么？45。"他飞快地答道。

"那我们尝试一些不同的东西吧。"朱丽叶微笑着坐下来，拿出平板电脑，打开了一个算术应用软件，"你能帮我做点数学题吗?"

"什么?"父亲问。

"我的数学不太好。你能帮帮我吗?"

"如果你不懂数学,那不是我的问题。老师多得很。"

"但我想要你来帮助我。你儿子说你很聪明。你能帮我解决这个问题吗? -4乘以-3。"

"12。"

应用发出叮的响声,说明他答对了。"好样的!现在,81除以9等于多少?"他们又做了几道题。他大部分都能答对,却越来越不耐烦。"你为什么要问我这些问题?"他质问道。

"因为你应该教我数学。"朱丽叶回答。

"免费?!"他叫道。

我注意到她一直在手机上放着节奏布鲁斯的音乐,于是提到父亲喜欢马文·盖伊。在我的要求下,她放了一首《性爱疗法》。

父亲的转变几乎立竿见影。他之前一直坐在那里,交叉着双臂和双腿,摆出一副恼怒的姿势,但很快就随着音乐愉快地点起头来。朱丽叶请他跳舞。他一开始表示拒绝,但在百般鼓励下还是站了起来。他僵硬地伸出双手,让她抓着他左右摇晃。"宝——贝",歌声响起,"我再也无法忍耐……感觉越发强烈……"她说:"你看,这些舞步你已经学会了。"她举起双臂,转了个圈,与他擦身而过。"很好,小姐。"父亲喃喃地说,"你很好。"

一曲唱罢,她又尝试让他去做工艺品,但他说累了。我觉得以一个高潮作为这个疗程的结尾很好,于是在她给他画完一只蝴蝶后,我们就离开了。坐在我的车里,他默不作声。"这么说，你不喜欢这个地方？"我问他。

"没有。"他回答。

我点燃引擎，把车倒出了停车场。

"这地方叫什么名字？"他问我。

我把他塞在报纸里的小册子递给他。"上面写了些什么？"我问他。

"长岛……基金会。"他说，跳过了"阿尔茨海默病"这个词。

"那是什么？"

他摇摇头，把宣传册丢到我的腿上。"长岛基金会。"他又说了一遍。

我转上大路回家。"那你下周还想来试一次吗？"

他举起一只手，示意我不要说话。

"别这样，爸爸。别这么快就放弃。她是个好女孩。她还和你跳舞。"

"她是个笨蛋。"他刻薄地回答，"她连简单的数学都不懂。"

13

你是我的家人

阿尔茨海默病通常分为七个阶段。2014年的夏天,我父亲搬到长岛时,身体正处于第三阶段(衰弱期)。处在这个阶段的病人可能已经出现了认知困难。他也许无法像以前那样胜任自己的工作,或者记不住别人的名字,抑或是会忘记自己把私人物品放了哪里。虽然正式的测试可以发现这种损伤,但家庭成员靠日常观察往往无法将其与常见的老年人认知变化区分开来。

从这个阶段开始,父亲的病情就一直在稳步发展。2015—2016年的冬天,也就是我母亲去世之前,他处于第四阶段。那时的他已经有了明显的阿尔茨海默病(或者更可能是混合型)的症状:严重的短期记忆丧失、无法管理财务或支付账单。他开始忘记有关自己经历的重要细节。

我母亲去世后几个月,他进入了第五阶段(中度至重度痴呆症)。毫无疑问,失去生活伴侣和随之而来的社会孤立加速了他的衰退。在这个阶段,病人开始需要帮助才能完成大部分日常活动。他们很难好好地穿衣打扮,因为总是迷路,所以经常无法独自走出家门。偏执和迷失方向的问题也接连发生。父亲会对孩子的动机产生怀疑,尤其是在经济方面。他对自己的困难和日常帮助的需求也失去了洞察力,但他仍然能够独立完成基本的日常生活活动,比如洗澡和如厕。最重要的是,他还能认出家人。

他跌倒住院后迅速进入了第六阶段。到了这个阶段,他需要持续不断的监督,有时似乎不知道自己身在何处。看照片时,除了最亲密的朋友或亲戚,他认不出其他人。天一黑,他就要睡了,也许是因为控制睡眠 - 觉醒循环的大脑中枢受损。他开始失去对膀胱的控制,经常在晚上尿床,需要更换尿布。

到了2020年秋天的新冠疫情期间,他开始四处游荡。这是大脑退化的结果——大多数痴呆症患者最终都会出现这种情况——但我忍不住去想,他一直想去别的地方,也反映了他对早期独立生活的怀念。他一直不情愿搬去长岛,住在离两个儿子很近的地方。他为自己和我母亲安享晚年设定的计划全都一一破灭。尽管他向来谨慎,颇有预见性,也极具远见,却还是无法预见自己身心衰退的过程,也没有料到他的孩子会有多大的变化,长大后无法兑现承诺。

到了第七阶段,也就是阿尔茨海默病的最后阶段,患者日常生活的方方面面几乎都需要帮助。他们通常会失去对环境做出反应的能力,往往也会失去吞咽或控制口腔分泌物的能力。他们很难站立,因此会出现褥疮和尿路感染;或者容易摔倒、折断骨头,因而卧床不起,感染肺炎。我常常想起圣路易斯华盛顿大学的戴伊博士对我说过的话。"到了最后阶段,所有的痴呆症看起来都是一样的。"他说,"整个大脑都会受到影响。患者通常无法说话。"

这个疾病的终末期似乎颠倒了年幼儿童第一阶段发育的里程碑,如人们可以预料的那样,大脑最基本的神经元网络会逐渐消失。正如大卫·申克在他的杰作《遗忘》中所写的那样:"阿尔茨海默病几乎完全是按照大脑从出生开始发育的相反顺序对其进行解构。"最初,患者无法独立行走。然后,如果没有帮助,他们将再也无法坐起身。紧接着,他们会失去微笑的能力,最后连头都抬不起来。谁的子女都不愿意看到自己的父母发展到疾病的最后阶段。为了防止这样的结局,我们需要做些什么呢?

2020年10月,我父亲准备去"车站"搭火车,前往坎普尔探望我母亲和哥哥苏拉吉。行李箱都拿出来了,衣服乱丢在床上。暂缓了几天后,家里又乱成了一团。

"爸爸,没有火车了。"我又说了一遍。

"有火车。"他高声喊道。

他穿着四角裤和白T恤,从客厅的窗户往外张望,好像在侦察什么。那一刻,他看起来完全就是个疯子。

"我的裤子呢?"他对哈温德喊道。

"告诉他,裤子被拿去干洗了。"她在厨房里说。

"它们被拿去干洗了。"我回答。

"你把它们送去干洗了?"他充满怀疑地问我。

"是的。"我说,"商店已经关门了。而且今天是星期天。"(那天是星期二。)

他转向哈温德。"我没有别的裤子了吗?"

"没有。"她回答。(至少除了她为了不让他离开而藏在地下室的几箱衣服之外,没有别的裤子了。)

他一脸厌恶地转过身。"那我就这样去吧。"

我从沙发上站起来,生怕自己不得不动手绑住他的身体。"爸爸,我真的很担心你。我不能让你就这样出去。"

"桑迪普,你担心,继续坐在这里!继续担心,再担心——"

"下雨了,爸爸。你知道你要去哪里吗?"

"我需要换件衬衫。哈温德,过来,我们走!"

"我不去。"她答道,"我跟你说过十遍了,我得做饭。你想去哪里就去哪里吧,但我要留在这里。"

他转向我,语气柔和了一些。"桑迪普,那请你跟我去好吗?"

"你得告诉我,你要去什么地方,爸爸。我不知道你要去哪里。"

"我告诉过你,车站。"

"你想去车站做什么?车站是火车——"

"好吧,别来了。"还没等我说完,他就喊叫起来,"你真是个男子汉!'你想去车站做什么?'"他嘲弄地重复道。"叫辆出租车,亲爱的。"他吩咐道,"叫他们现在就来。"

哈温德举起她的手机。"我刚打过电话。他们说晚上不派司机。他们会在早上重新开始派单。"她瞥了我一眼,"也许你可以开车带他转转。"她平静地说道。

"你在说什么?"他高喊起来。

"没什么,叔叔,我们只是在聊天。"她疲惫地答道,然后回到厨房开始准备晚饭。

毫无例外，我的父亲迫切地想要出门游荡。三分之二的痴呆症患者最终都会渴望到处走走。如果二十四小时内未被找到，他们中有近一半的人将面临严重受伤或死亡的风险。2007年，日本大府市有一名患有严重痴呆症的91岁老人。他趁照顾他的妻子生病之际离家出走，被行驶中的火车撞死。日本中部铁路公司竟然以多趟列车取消或延误为由，起诉该男子家属，要求赔偿损失，并获得了720万日元的赔偿金（约合6.5万美元）。尽管这一裁决最终被日本最高法院驳回，但该案在日本全国引发了一场关于痴呆症护理的讨论。日本是全球老年人口最多的国家之一，也是痴呆症患者比例最高的国家之一。

2014年，日本政府推出了"橙色计划"，为痴呆症患者提供可持续的长期护理。其中一项举措是以社区为基础的SOS迷路者网络，旨在监测痴呆症患者的活动，减少与走丢相关的风险。其他策略包括GPS和无线电频率跟踪设备，以及贴在指甲上的防水条形码贴纸——警察可以利用它获取家庭住址等个人信息。这些技术引发了各种讨论，主要是关于如何既能确保安全又能尊重隐私和尊严等各类道德问题。由于精神恍惚，患者同意被监视的能力下降，会使相关问题变得更加复杂。然而在美国，这些问题并不是痴呆症讨论的首要问题，因为患者走丢的责任几乎完全要由家属承担。

哥哥下班后出现时，父亲正坐在餐桌旁，心情平静了一些，仍然坚持要去赶火车。

"去哪儿的火车，爸爸？"拉吉夫问道，"坎普尔？你知道坎普尔在哪儿吗？"

"你又在问同样的问题，是为了考验我。"父亲一脸苦涩地回答。

"谁在坎普尔?"拉吉夫提高了嗓门,"那里已经一个人都不剩了。大家全都死了!苏拉吉、卡莉、苏米特拉、妈妈,他们都死了。只剩下我们了。你、我、桑迪普,还有苏尼塔。"

"你把家里搞得一团糟。"我也加入进来,"你还把墙上的画拿下来了。"墙上布满了坑洞,都是他撬掉挂钉后留下的。

"看!"我打开放在地板上的箱子。一堆乱七八糟的衣服从里面喷涌出来。"衣服也被你弄乱了。它们本来放得好好的。"

"是哈温德干的。"

"是你逼她这么干的。"

"我没有。"

"是你,叔叔。"她站在楼梯上说,"你还想打我来着。"

回想起来,我常常在思考,自己为什么一直和父亲争吵不休。我想很大程度上是出于尊重。我愿意相信他可以理性行事,从而理性地做出反应,即便他的行为看起来是非理性且毫无意义的。毫无疑问,这其中有一部分是在否认。虽然作为一名医疗从业者,我清楚地知道发生了什么,但作为儿子,我仍然希望他能够恢复些许洞察力,或是逐渐康复。当然,我也陷入了某种认知偏见。和大多数精神病患者的亲人一样,除了理性的争论,我不知道还能如何沟通。

我拿起桌上的一个黄色便笺簿。"爸爸,你住在哪里?"我用充满权威的语气问道。

"我住在哪里?"他低声答道,"法戈。"

"你住在法戈?那这里是什么地方?"

"这里是法戈的一部分。"

"不,这里是纽约。希克斯维尔。这是不是你的房子?"

"我不知道。"

"这是你的房子。大家都住在自己的房子里,对吧?我住在哪里?"

"在你的房子里。"

"对了。在我自己的房子里。哈温德住在哪里?在你的房子里。"我赶紧接着说,免得他跟不上我的论点,"因为她没有自己的房子。她和你住在一起。现在,你问我:'我的目的地是哪儿?'就在这里。如果你去某个地方有事要办,是可以去的,但你在坎普尔无事可做。你在法戈也无事可做。你连住的地方都没有。"

我在一张纸上草草写了一些指示,递给他。

"那么从这里出发,如果我必须——"

"读第一条。"

他扫了一眼那张纸。"'你不能去坎普尔。你不能去法戈。这里是你的家。'"他念道。

"这里是你的家。"我赶紧继续说道,"如果你想让我带你去大西洋城短暂度个假,我可以这么做。"他摇了摇头。"那你想去明尼阿波利斯看苏尼塔吗?"我知道他不想。他又摇了摇头,证实了这一点。"那么,你的目的地是哪里?你的目的地就是这里。"

"如果我去了坎普尔,还要回来吗?"

"无论你去哪里,都要回到这里,因为这里是你的家。但是在坎普尔什么都没有,爸爸。那里又脏又热,没有像样的厕所设施。你离开坎普尔来到美国。现在又想原路返回吗?"

他点点头,似乎终于明白了。他又读了一遍那张纸上的内容。"'你不能去坎普尔。你不能去法戈。'"

"因为你去那里没有任何意义。"

"如果我一定要去,该怎么去呢?"

"如果你一定要去,就得坐飞机。但你不一定非得去。你觉得你一个人能坐飞机吗?"他摇了摇头,"所以你不能去那里。别再打包行李了。这里是你的家。我们把它贴在墙上,这样你就不会忘记了。"

他又读了一遍。"'你不能去坎普尔。你不能去法戈。'"

"因为你去那里没有任何意义。还有其他的问题吗?"

"没有,这已经说得很清楚了。"

"那你还要继续收拾行李吗?"

"是的。"

"为什么?"

"收拾行李去坎普尔。"

"这张纸上写了什么?"

"'你不能去坎普尔。'是的,你说得对。我明白了。"

"还有别的问题吗?"

"我离开这里的时候,可以带点零食吗?"

"离开这里去哪儿?"

他犹豫了。"任何地方"。

"可以,如果你想来我家或者去散步。但是你已经没有别的地方可去了。你明白吗?"

他转向哈温德。"从这里出发,我们要带什么?"

"什么也不带。"她喊道,"这是我们的家!我们要住在这里。他已经向你解释两个小时了。"

"你得了痴呆症,爸爸。"拉吉夫说,"这是病症的一部分。它在告诉你要去某个地方。"

"可你哪儿也去不了。"我说,"因为我会想你的。"

他的呼吸变得沉重起来。"你会想我吗?"他几乎说不出话来,很快情绪就崩溃了。

"当然,我会想你的。我是你的儿子。"

他很快镇定下来,开口问道:"桑迪普,我离开这里时,要如何——?"

"那张纸上的第一条是什么?"

"'你不能去坎普尔。'"

"继续读。"

"'你不能去法戈。'"

"还有什么?"

"'这里是你的家。'"他接着读出了下一行,"'你将永远留在这里。'"

随着2020—2021年交替的冬天到来,父亲已经几乎卧床不起,每天有16小时都待在楼上的房间里。他晚上8点前就会入睡,第二天早上9点后才起床。拉吉夫和我会花更多的时间待在家里。扶他下楼吃饭成了一件苦差。他起床后可能会在楼下待上一两个小时,午睡后再待一小时左右。如果心情好,他晚饭时可能再待一小时。他的胃口也减弱了,如果吃了早餐,就不吃午餐;如果吃了午餐,有时也不吃晚餐。他只能吃下一半而不是一个完整的印度卷饼。他更喜欢加糖的液体,比如牛奶和果汁。

他残存的尊严正在迅速消失。由于他需要一些时间才能被人从床上抱起来,他经常穿着睡衣尿尿,然后才去洗手间。我们最终给他用上了尿布。为了防止感染,哈温德会在半夜起床为他更换尿布。早上,她还要给他洗澡,为他的皮肤打泡沫,清洗他的下体。她还会给他刮胡子，修剪他的八字胡和指甲。如果他不想被人打扰，就会骂她贱人。

为了让他保持敏捷，她几乎每天都要让他在跑步机上走路。然而，到了冬天，他甚至连机器都爬不上去。他会尝试爬到扶手所在的地方，却无法推测跑道敞开的位置。如果哈温德想帮他，然会被他一把推开。于是那个冬天，跑步机也进入了冬眠状态。

因为他无人搀扶就没法行走，所以四处游荡——甚至是游荡的欲望——也彻底消失了，狂怒的情绪亦随之消退。每当我用充满权威的语气跟他说话，他都会开始退让。下雪之后，全家都被迫待在室内，他也几乎可以做到不吵不闹。在阿尔茨海默病基金会的支持小组会议上，我了解到，这种被动性在老年痴呆症的后期十分常见。"有几年，我的母亲在任何问题上都要与我们抗争。"一次聚会上，一位55岁左右、身材魁梧的女性在回忆道，"现在她已经不知道怎么反抗了。"那时我本可以解释说，父亲大脑中的情绪处理中心——杏仁核——正在退化。即便知道了这一点，看到父亲不再情绪爆发，甚至连情绪都已逐渐消失，也丝毫无法减少那种苦乐参半的感觉。

夜幕还未降临，拉吉夫、哈温德和我就已经精疲力竭。父亲坚持要哈温德睡在他的附近，于是她就睡在了他床边的床垫上。

"拉杰，你睡着了吗？"他会问她。

"睡着了。"她回答。

"我给你倒点水好吗？"

"不用了，我很好。"

"你给我做午餐了吗？我得早点去办公室。"

"我明天早上再做。"第二天早上,他又会称她为哈温德。一到半夜,她就变成了我死去的母亲。

圣诞节前的一个晚上,拉吉夫让我过去帮父亲通马桶。他告诉我,过去几个星期,他一直在做这件事情,需要缓一缓。

到家后,我和过去九个月一样,戴上了口罩。哈温德带我来到了楼上。"发生什么事情了?"

"他又把厕所堵了,就是这么回事。"她显然十分恼火,"我通了半小时,弄得鞋子上都是。"

浴室里,肮脏的马桶水在瓷砖地板上凝结成一个个小水滩。我拿起木撅子,把它塞进了马桶里。抽水时,棕色的脏水冒着泡泡。大约过了一分钟,我让哈温德拉动把手,自己继续疏通。小块的粪便立刻浮了起来,流到了地板上。我干呕着丢掉了撅子。

哈温德看着眼前的景象笑了出来。"别管了,干脆叫水管工来吧。"

"下面肯定有什么东西。"我说,"也许他把该死的面包卷扔进去了。"

"别管了。"哈温德说,"'大先生'(她对拉吉夫的称呼)说,他来的时候会做的。"

"如果我也通不了,他能怎么办呢?"我再次拿起撅子,开始更加卖力。撅子发出了响亮的呕吐声,脏水横飞。就在我快要放弃的时候,水位突然降了下去,在马桶底部令人作呕的汩汩声中冲了下去。再冲一冲,马桶里的水就清了。我又开始干呕。哈温德咯咯地笑了起来。"恭喜你。"她说,"你为自己节省了一百美元。"

清洗干净,我走下楼,发现前门附近有一摊深黄色的水。看来趁我们修马桶的工夫,父亲又在地板上小便了。我赶紧用纸巾把尿渍擦干净。

趁着哈温德带父亲上楼准备晚饭前的午睡,我打开了美国有线电视新闻网的节目。电视里,安德森·库珀正在宣布关于新冠疫苗的最新消息以及特朗普政府最近在公共卫生方面的失误。我把脚搭在咖啡桌上,静静地看着新闻。

哈温德回到楼下,走进厨房开始准备晚饭。水池上方的窗户里,一轮近乎满月的月亮照亮了白雪覆盖的草坪。她开始切菜,把扁豆放进高压锅里。"苏尼塔总是跟我说,别让他睡那么久。"她背对着我说,"等她来了,亲眼看一看,就会了解真实的情况是怎样的。"

"是怎样的?"我问,虽然我已经知道她要说什么了。

她放下刀子,转向我,擦干双手。"他快不行了。还有多久,没人知道。是两个月,还是六个月,还是六星期,天知道。人的寿命都是天注定的。无论必须做出什么牺牲,我都愿意。"

她转过身面对着案板。

"你为什么愿意这么做?"我问她。

她哭了。"我现在已经无依无靠了。"她答道,但没有看向我。和我们在一起的五年间,她在印度的丈夫去世了。由于没有绿卡,她没能参加他的葬礼。她的子女已经长大成人,住在加拿大。自从我母亲去世后,我们就成了她的家人。我们一起经历了护理过程中的爱与恨、勇气与怜悯,还有种种挫折,长时间的苦差,夹杂着令人疯狂的各种紧急情况,有时也有爱的联系。我们共同走过的时光即将结束。

"我把他当成父亲看待。"她说出这句话时,高压锅里喷出了一缕蒸汽,"他会生气,会打我,还说过那么多难听的话,让你想要捂住耳朵,但他也爱我。他想知道我就在他的身边。有时他会说:'等我走的时候,亲爱的,你愿意和我一起去吗?'"

她用手背抹了抹眼泪。我问她,他死后她打算做什么。她说,可能会去加拿大和她的一个女儿同住。

"我们还会见面吗?"我说,突然感到仿佛被一片悲伤的情绪笼罩着。

"当然。"她安慰我,"我们可以打电话,视频聊天。只要有爱,就能继续。"

7点半,我上楼去叫父亲下来吃饭。他侧身躺在病床上,脸贴着钢栏杆。他戴着红色的帽子,修剪了八字胡,看上去仍然比他的出生日期所示的年龄年轻得多。"爸爸,你想下楼吃晚饭吗?"我鼓励地说,但他说他不饿。他想多休息一会儿。

"好吧,那我走了。"我说。我的任务完成了。

但他阻止了我。"你能陪我待一会儿吗?"他说。

我看了看表,家人肯定正等着我吃饭。"你有什么想说的吗,爸爸?"片刻间,房间里静悄悄的,只能听到屋外的吹雪机低沉的嗡嗡声。他轻声说了一句:"你能带我去你家吗?"

在长岛住了六年半,他从来没有让我带他去过我家。"为什么,爸爸?"

他停顿了片刻,开口答道:"我想道歉。"

"为什么道歉?"

"为……我所犯的错误。"

"什么错误,爸爸?"他指的是厕所的事吗?

"很多错误……"

"今天还是这一辈子?"

"今天……以及我这一辈子。"

"不用了，爸爸，没事的。"我试图向他保证，"你不需要向我道歉。我没有生你的气。"

"求你了，桑迪普……我想向你道歉……向其他人道歉。"

他去世后，我多次回想起那个瞬间。我到现在都不确定他到底想说什么，想要为什么道歉。但这是我一生都在等待的时刻。一间安静的卧室。白雪覆盖的街道。就是我一直想象的样子。

"好吧，那就道歉吧。"

"道歉？"

"是的。"

"好吧。我非常、非常……抱歉。"

"我接受了。"我立刻说道。

他的表情放松下来。"谢谢你，先生。谢谢你，我的宝贝。"

"不用谢。"我准备离开了。

"桑迪普，你能陪我躺躺吗？"

我难以置信地笑了。"别逗了，爸爸，我没地方可躺！"

"有地方。"他转过身，挣扎着挪到床中央。"过来……我们躺得下。"

我绕到床的另一边，就是那台废弃的跑步机所在的地方，然后拉下栏杆，和他一起躺在床上。我打开平板电视，把声音调成静音。床头柜上放着一盏灯、几个药瓶、一卷纸巾，还有几本再版的科学著作——我随手放在那里供他阅读的。我心不在焉地拿起其中一本。"好了，你还想聊些什么？"我说。

"我爱你，小桑。"他低声说。这些年来，我不记得他对我说过这句话。

"我也爱你。"

"我能问你一件事吗?"

"可以。"

"你愿意来陪我一段时间吗?"

"当然。"我不假思索地说,"我现在得走了,但我会再来的。"

"如果你能做到,我会非常、非常……"他挣扎着寻找合适的字眼,"抱歉。你是我的家人。"

"是的。"

"而且我很喜欢。"

我望向窗外,被白色粉末压得抬不起头的常青树划破了灰色的天空。我有种可怕的预感,这将是他的最后一个冬天。

"你还有什么想说的吗?"我问。

"没什么。"他回答,"当我再见到你……我要聊啊聊啊聊。"

"我们现在聊吧。"我说,"谁知道我们什么时候能再见面。"

我打开灯,递给他一本他的再版书。"哦,看看这个。"他带着模糊的兴趣说道。

"这是什么?"

他哈哈大笑,缓慢地念出书名:"为小麦杵……测绘人口……耐锈病。"

"这是你的研究吗?"

"不是。"

"你以前是研究小麦的,对吧?"我指着纸上的一个图形,"这是什么?"

"这是……嗯……"

"这些黑色的东西是什么?"

"这些东西？我不知道。"

"它们是染色体。拜托，你一辈子都在研究这些东西。"

"哦，对，染色体。"

"这是什么？你知道吗？"

他犹豫了。"一定是小麦花。"

"是的，这些都是小麦植物。你以前会在温室里种植这些东西。"

"是的。"

"你怀念那些日子吗？"

他耸了耸肩。"是的。"

"是吗？"

"是的。"

"你喜欢工作？"

"我喜欢……所有这些花和……你懂的……"

"你喜欢做研究。"

"是的，我喜欢做研究。"

"你怀念做研究的日子吗？"

他点了点头。"我很怀念。"

几个月来，我第一次意识到，他并不是不开心。由于他的衰弱已经变得令人不忍目睹，我曾在那年秋天最黑暗的时刻希望他会死去。但也许我比他更在意他的病情。他的世界缩小了，他的欲望、他的观点、他对什么是有价值的存在的期望也缩水了。我有什么资格说他该如何看待自己有限的生命呢？只要他认识我，认识爱他的人，也许这才是最重要的。

"哦，你来了，亲爱的。"哈温德进来时，他说道，"这是桑迪普。你见过他吗？"

她看着我笑了。她说晚饭已经准备好了。她问他是想躺在床上吃，还是下楼去吃。

"我和你们一起下去。"他说。

"你想下楼吗？"我表示怀疑。

"是的。"他回答，并试图站起来。

我给他拿来助步器，扶他下了床。他紧紧抓着这个带轮子的东西，很快就在拉吉夫最近铺设的地毯上慢慢挪动起来。他花了几分钟才走到楼梯上，然后就停下了脚步。他累了。

"我有事没有告诉你。"他转向哈温德说，"关于桑迪普。"

她笑了。"你说吧。"

"他是最聪明的学生。"

"别说了，爸爸。"我不耐烦地催促道，"我们走吧。"

我们扶着他迈下一级台阶。他再度停了下来。"我告诉过你吗：他是我最喜欢的孩子。"

"嗨——嗨。"哈温德笑着叫道。

我摇了摇头，一脸茫然。我们扶着他又下了一级台阶。

"我很高兴你来了。"他突然一本正经地对我说，"偶尔……到我家来，我们一起吃饭。高高兴兴地来……在这里过夜。"

我意识到，在他搬来长岛的六年半里，我没有在他家住过一个晚上。"好啊。"我答应了。

"你保证？"

"我保证，我会在这里过夜。"

"一整晚？"

"是的。"

他高兴地笑了。

"你笑什么，叔叔？"哈温德问。

"他说他要在这里过夜。"

"为什么不行?他是你的儿子啊。"

"不。"他喊道,"他不是我的儿子!"

"那我是谁?"我问他。

他一脸疑惑地看着我,对哈温德说:"我猜,他是我的侄子。"

14

别担心,事情会解决的

> 时间的鸦片没有解药,
> 它暂时考虑所有的事情:我们的父辈
> 在我们短暂的记忆中找到了他们的坟墓,悲伤地告诉我们,
> 我们也可能被埋葬在我们的后人当中。
> ——托马斯·布朗爵士,《瓮棺葬》,1658 年

2 月下旬一个寒冷的星期天下午,父亲在电话里告诉我,他想出去吃印度卷饼。"下雨了。"我说,"你确定吗?"他确定。由于天气寒冷,他已经在家里关了两个月,身体越来越虚弱。他需要出门走走。

我们艰难地穿过印度卷饼之家的停车场。我和哈温德一左一右地搂着父亲,任由刺骨的风雨抽打着我们的脸颊。来到餐厅,老板看到我们吃了一惊,喜出望外。他领着戴着口罩的我们来到常坐的桌前,点了我们常吃的饭菜。父亲穿着一件喜庆

的绿色毛衣,吃得不多,但他似乎非常高兴能够坐在那里看着其他顾客。等我们回到车里时,天色已经暗了下来。开车回家的路上,雨点噼里啪啦地打在风挡玻璃上。

接下来的那个星期三,父亲无法下床。那天早上我去看他时,他一直在呻吟。他紧闭着嘴巴,不让我给他测口腔温度。我试着让他吃些艾德维尔,还有环丙沙星。这是一种抗生素,他以前治疗尿路感染时吃过。我猜他又患了尿路感染的毛病。但他拒绝吞下药片,一遍又一遍地把它们吐成白垩般的浆液。"你吃完药我就让你睡觉。"我沮丧地劝他。但父亲半躺在床上,双脚搁在地板上,双臂交叉着说:"我不吃。"

他在床上躺了一整天,星期四和星期五也依旧躺着,嘴里嘟嘟囔囔,不断呻吟,而且拒绝吃饭。哈温德设法让他喝了几口柠果汁,仅此而已。

周五晚上下班后,拉吉夫和我回到家里时,他已经两天没有吃过任何固体的东西了。我试着强迫他吃些布丁,或者至少喝点营养补充剂,但那东西直接从他的嘴巴里滴了出来。"你怎么不饿?"我问,开始感到恐慌。

哈温德替他给出了回答。"他说大家都坐着。"她表示,"他们不让他喝茶。"

我打电话给父亲的初级保健医生桑迪·巴尔万医生。她问我是否想带他去医院的急诊室,但我和哥哥、妹妹已经决定不这么做了。几个月来,父亲一直卧床不起,食欲不振,体重也持续下降。毫无疑问,他的大限将至。医院是我们最不希望他去的地方。

巴尔万建议找临终关怀机构来帮助我们在家照顾他。临终关怀的重点是让父亲感到舒适;护士会把吗啡和其他药物送到家里，在他最后的日子里帮助我们管理他的症状。我当即便同意了。虽然是周五的晚上，但巴尔万说她会打几个电话，看看周末能否安排。至少，她会尽快把病人转介到纽约临终关怀网络，让他在接下来的一周内接受治疗。

现在回想起来，我惊讶地发现，自己当初竟然这么快就做出了接受临终关怀的决定。根据我的经验，大多数家庭会等到一两个周期的住院治疗结束后再做决定。和我父亲一样，我的重大决策通常都要经过深思熟虑（不过，与我不同，他在充分考虑困境之后从不会犹豫）。但那天晚上，我在电话里就做出了接受临终关怀的决定——事实上，我甚至没有和哥哥商量，虽然我知道他会同意的。在过去的六年半里，我目睹了父亲的缓慢衰弱，为这个决定奠定了基础。可那个周五的晚上，我试图强迫他摄入一些营养时，还无法理解这个选择意味着什么。

由于卧床已有两日，我和哈温德决定带父亲下楼去换个环境。我们费了好大的力气才把他从床上拉起来。当他试探性地把脚放在地毯上时，两条腿一直在颤抖，抓着助步器的手也颤抖不止。不管怎样，我们设法把他从走廊抬到了楼梯上。"用手撑着墙壁。"哈温德用旁遮普语指导他，"现在把助步器放在一边，扶住栏杆。"

他挣扎着迈下台阶，在我们的搀扶下每走一步都要停顿一分钟或更久。"把脚放在那儿。"哈温德吩咐道。他已经几乎忘了该如何走路，如何以协调的方式移动双腿。

他走到最下面的台阶，看到椅子上挂着一件夹克，立刻问道："这是谁的外套？"

"是拉吉夫的。"我回答，"他在等你。"

哥哥正躺在皮沙发上打着电话。他茫然地盯着我们，没有站起来帮忙,好像我们做错了事情或者做了什么蠢事,好在他决定什么话也不说。

"他的情况稳定……"我听见他说,"不,我们不知道会发生什么……是的,他现在看起来比三小时前好多了。"

哈温德和我把父亲扶到母亲的躺椅上,抬起他的腿,脱下他的四角裤,换上干净的睡衣。他痛苦地呻吟着。"坐好,放松。"我说,"哈温德会去泡杯茶。"可我们刚把他安顿好,他就要求回去睡觉。这一次,他的腿已经彻底无法动弹了。我和哥哥只好背他上楼。拉吉夫抬起他的腿,我把手伸到他的腋下。我们左摇右晃地穿过大厅回到卧室。父亲咒骂我们不尊重他。

"这是我们最后一次带他下楼。"我们把他抱回床上后,哥哥说道。不知道这是预言还是命令。

坐在床边,我试着把过去五天发生的事情拼凑起来。我周日下午还带他去过印度卷饼之家。他是不是在雨中感染了肺炎?会不会是中风?硬膜下血肿是不是扩大了?他会不会感染了新冠病毒?作为医生和儿子,我迫切地需要一个解释。

那天晚上,我的妻子索妮娅和女儿皮娅都来了。索妮娅为我父亲做了一杯奶昔,却没能让他喝下一口。"你以前在法戈有一座房子,里面栽了很多棵树,漂亮的菩提树。"她试图让他说话,但他睡得很熟。只有在皮娅跟他说话时,他才短暂地醒了过来。"她很……漂亮。"他勉强说了一句,然后又闭上了眼睛。

缺乏营养显然已经让他严重脱水。我猜想,也许这就是他爬楼梯时晕倒的原因,开始对临终关怀的决定犹豫不决。"如果是水的问题,你应该给他挂吊瓶。"哈温德提议。同为医生的索妮娅对此表示赞同。"你们放弃得太早了。"她说,"两升液体,爸爸马上就能跳起来。"

第二部 伤疤

哥哥虽然不同意，却还是开车去医院取了一个静脉注射包和几袋生理盐水。他不在的时候，我注意到他把父亲的遗嘱和其他一些文件放在了餐桌上。那堆东西里有一封信是父亲写给拉吉夫的，里面详细说明了我的父母在临终关怀方面的愿望。信中写道：

当我们离开这个世界，这必然是生活的现实，你将不得不接手。正如我之前和你讨论过的，我想把我们的钱投资到乔哈社会提升基金会中。这个基金会的职责是帮助穷人和受压迫者，受众主要在印度和美国（我们已经向法戈的无家可归者收容所提供了援助）。

我会确保我俩不会在任何一方面成为你的负担。如果我先离开，你的妈妈不会离开这个家去和任何一个子女住在一起（当然，她会去看你）。如果她先走了，那我打算一个人待在这座房子里直到最后。这是我们坚定的决定。此外，如果我们中任何一个人碰巧病重，我们不需要任何特殊的手段来维持我们俩的生命。我们只想活得有意义。这一切都将被阐明。不过，人到暮年，我们或者我们中的任何一个人都希望能更多地见到你。无论我们为你做了多少，我们想要的回报只有一个：我们的孩子们，当然还有我们的孙辈们能够幸福快乐。

我注意到，他和母亲都在信的末尾签上了自己的名字。

拉吉夫从医院回来后，抛开了对静脉注射的保留意见，迅速投入了工作。他的动手能力一直很强，比我好多了。从小到大，他一直是个爱动手的人，我则是个爱动脑的人。他先是在父亲的身上铺了一块无菌布，然后撕开输液包，把里面的东西铺在了布上。他的手指飞快地移动,拆开一袋袋针头,抽出生理盐水,像厨师一样小心翼翼地摆好了他要使用的仪器。一切准备妥当,他用杀菌剂清洗了父亲的手背,然后在手背上注射了一点利多卡因,好让他的手背麻木。他拿起 22 号针头,把它扎进纸一样薄的皮肤里。我和哈温德按住父亲的胳膊和腿,引得他发出了一阵无声的尖叫。他没有犹豫。拉吉夫用指尖轻轻拍了拍脱水的静脉,前后移动针头,直到一股栗色的液体涌进了针管。当他取出注射器时,异常的暗红色血液从针头的中心滴落在了蓝色的无菌布上。取下针头后,拉吉夫将静脉导管连到了一根长长的塑料管上,管子连着一袋生理盐水。父亲安静下来。拉吉夫把袋子举过头顶,用力挤压,将盐水注入父亲的血管。由于家里没有静脉注射架,哥哥就用橙色的缝纫线把袋子绑在了吊扇上。

做完这一切,看到液体开始流动,他转过头对我说:"我从没想过会给自己的父亲输液。"

那天晚上 10 点钟左右,一名临终关怀护士来到了家里。(当晚早些时候,临终关怀网络就已经接收了我的父亲为病人。)护士利亚看了一眼熟睡的父亲,便让我和拉吉夫在餐桌旁坐下来,签署了一些文件。在入院的表格上,父亲的诊断被写为"终末期痴呆症"。我被列为他的主要照顾者。为了登记注册,我还签署了一份《生命维持治疗的医嘱》表格,声明在心脏或呼吸骤停的情况下,不应试图对他进行复苏。

我问利亚,假设父亲没有恢复到仅靠静脉注射就能吸收营养的程度,他还能活多久。令人惊讶的是,她说可能是几周,甚至长达两个月。

"两个月不吃东西?"我难以置信地惊呼。

"是的。"她说。她照顾过几个存活了两个月的痴呆症患者。"当然,总有一天你会决定不再为他输液。"她说。

她的话在房间里停留了片刻。

"液体会伤害他吗?"我问。

"不会,但它可能会延长痛苦。"她还没来得及回答,哥哥便开了口。"所以你不同意静脉注射?"她问我的哥哥。

"当然不同意。"拉吉夫回答。

"可他不是唯一做决定的人。"我赶紧补充道。

"是的,我们希望能够达成一致的决定。"拉吉夫咬着牙附和道,"如果我们中有谁不同意放弃,我们就会按照那个人所说的去做。"虽然他没有说出口,但几年前,他的岳母被诊断出患有晚期血液病,在重症监护室住了几星期才去世。这段创伤性经历深深地影响了他。

"我很久以前就知道,家庭会因为这种问题破裂。"哥哥平静地继续说道,"所以我们就从最薄弱的环节下手。"说罢,他走出了房间。

在表格上签完字、送利亚离开后,拉吉夫和我决定轮流陪父亲过夜。我自愿守第一夜。拉吉夫回家后,哈温德和我为父亲做好了睡觉的准备。我们得为他换尿布。那个时候,他的静脉里已经输了差不多一升的生理盐水,尿布和床单都湿透了。我们放下病床的床头,把他拉起来,然后让他向一边侧身,再向另一边侧身,把他身上的脏衬衫和湿床单都挪开。"不要,亲爱的。"他叫道,虚弱地踢了踢哈温德。哈温德像擦拭婴儿一样擦着他的腹股沟。

换完尿布后,父亲似乎清醒多了。

"你一定累了。"他温柔地对哈温德说。

"我的确累了。"她深情地答道。

"哦，我的小姑娘。"他喃喃地说着，就像以前对待我的母亲那样。

一股怀旧之情涌上了我的心头。想到我父母曾经的样子，想到父亲现在无疑要面对的一切，我感觉胸口一紧，泪水夺眶而出。他疑惑地看着我。我坐在他床边地板上的双人床垫上，轻轻地啜泣。"你现在要去哪里？"他咕哝着。

"哪儿也不去。"我努力让自己镇定下来，"我就在这里陪着你。"我终于要和他一起过夜了，就像我答应过的那样。

"别担心。"他低声说道，像往常为我建言献策时那样，"事情会解决的。"

"你怎么知道？"我问。

"因为……世事总是如此。"他回答。

夜里1点钟左右，临终关怀中心的人按响门铃，送来了一个"舒缓包"，里面装有可溶解的吗啡和速效抗焦虑药物劳拉西泮，以及一种叫作阿托品的药物，用来干燥呼吸道分泌物。我立即把四分之三毫克的劳拉西泮放在父亲的舌下，轻轻合上他的嘴。他一直在辗转反侧，轻声呻吟，现在很快就睡着了。打鼾时，他噘起干燥的嘴唇，像是在微笑。哈温德在大约4点钟的时候进来看他，说："希望他能笑着离开。"

我时不时就会起来看看他。他一直睡得很香，直到第二天早上。大约9点钟前后，我拉开窗帘，让房间透进些光线，然后轻轻摇了摇他，总算把他弄醒了。不过他的情况没有什么变化，仍然神志不清，无法自行站立。在哈温德的帮助下，我把他领到浴室，让他设法坐在马桶上小便。然而我们把他扶回床上时,他很快又瘫倒了。

那时我才注意到,静脉注射导管被血块堵塞了,液体已经停止了流动。这一定是前一晚我们给他换衣服时,我短暂解开塑料管时发生的事情。我把一支装满生理盐水的注射器插进导管里,试图把血块挤出来,但它纹丝不动。我确定导管已经堵塞,必须换个新的。拉吉夫带着早餐过来时熟练地冲洗了管道,重新开始为父亲输液。

那天是星期六。父亲一整天都躺在床上,大部分时间都在睡觉,但有时会呻吟着醒来,似乎十分痛苦。整整五天,他只吃了一勺布丁。尽管如此,他还活着。静脉注射仍在进行。

他熬过了那一天和第二天。我开始重新考虑我们决定的姑息疗法。就在一周前,他还步履蹒跚地走进了印度卷饼之家,现在就躺在了临终的床铺上?这说不通。拉吉夫让我想起了父亲在信中说过的话:他不希望采取任何特殊的手段来维持他的生命。但我没有用任何特殊的手段,只是继续为他进行静脉输液,也许还会试着给他一些抗生素。

我想知道,在此刻的情况下,我们该如何解读他近20年前写下的那份指示呢?显然,卧床不起并不是他所期望的结果,但这封信并没有清楚地表明,如果事情成为现实,他愿意做些什么。此外,这封信是否可以反映他当前的意愿?2004年时,作为一位科学家,他认为有意义的事情肯定和前几个月大相径庭。那是他与哈温德共度的时光,就连吃上一勺开心果味的印度冰激凌都能让他由衷地感到快乐。我和哥哥、妹妹认为这些事情很简单、很幼稚,在某种程度上有失他的身份,难道这不是我们的过度认知偏见吗?

星期天下午,我们给妹妹打了个电话。她当晚会和家人一起飞过来。22个月前,我们曾经讨论过利用手术为父亲排出硬膜下血肿的利弊。现在,我们又要面临一个同样重大的决定,但后果严重得多。

"如果我们不给他静脉输液,他很快就会不行了。"拉吉夫说,"他可能在周五就会离开。我愿意听从你们的意愿,但继续静脉输液对我来说毫无意义。这不是他想要的。"

"那我们该怎么办?"我高声问道,"停止输液,给他注射吗啡,因为我们已经再也无法应对了吗?"

"不,我不允许。"哈温德插嘴道。她坐在楼梯上她常坐的地方听着我们的对话,"他就快不行了:一天、两天、四天。但我们不能用药物让他死去。"

"我没说我们会那样做——"

"我也不会允许你们这样做。"她打断了我的话,"即使他要在这里躺两个月。如果你不想给他静脉输液,那就不要给。但我们不能用药物让他死去。"

"并不是我们应付不来。"拉吉夫没有理睬哈温德,对我说道,"问题是他想要什么。他说得很清楚:不采取任何英雄之举。"

"我没想采取什么英雄之举!我只是想给他抗生素和液体,还有——我也不知道——也许检查一下他的血液和尿液。"

"但你救他是为了什么?"哥哥喊道,"这个人最不想做的就是每天在床上拉屎。我的意思是,他无法打开笔记本电脑,无法把手机放在耳边。写书的人会说,'你他妈在干什么?'周五,利亚来的时候,我就在房间里。我不得不走出去,因为我感觉非常恶心。你让我打了静脉注射,现在又想要验血验尿?"

"我不是说——"

"不,你就是这个意思!你又在做你平常做的事,优柔寡断,举棋不定。看在上帝的分儿上,你还在《纽约时报》上写过,不要在生命的尽头做太多事情。如果爸爸还活着,他会让你坐下,摇着你说,'桑迪普,你到底在干什么?'"

"他从来没有对我说过他想死。"我提出。

"因为他已经没有能力表达那种感觉了。"拉吉夫反驳道,"所以我们为他做了这个决定。他没有——"

"他说了!很多年前,他写那封信的时候。"

"所以我们是在遵从他当时的意愿,不一定是他如今的意愿。"

"这不就是医疗代理人该做的事情吗?在他心智健全的时候遵从他的意愿?我们有的只是过去的对话。"

我当然明白他在说什么。事后,当我诚实地面对自己时才意识到,看到父亲躺在那里穿着尿布,把他仍旧看作曾经的那个他,把他和曾经写下那封信时的人联系在一起——从某种程度上来说,哥哥比我更尊重父亲和他的人格。父亲已经四天没有进食,似乎还在为了生存而挣扎,这让我心碎。我们有什么资格在他自己还没有(或者可能没有能力)做出决定时,决定他已经到了行将就木的地步,不再值得活下去?

"我感觉他在说,'帮帮我。给我一个奋斗的机会。'"我说。

"他不是这么说的!他只有孩子的认知水平。他所拥有的只有加减法:加重痛苦,减轻痛苦。我一分钟都没有动摇过。我告诉过你,反对意见会决定一切。如果你想抽血验尿,我会陪着你。但我完全不同意。这不是生活。这不是他想要的。"

他向苏尼塔征求她的想法。

"我们得听他的话。"妹妹的声音有些颤抖,"因为那是他想要的。他不会想要现在正在发生的事情,再拖上一两个星期。我们不能那样做。"

拉吉夫又大声念了一遍父亲的信:"我们不需要任何特殊的手段来维持我们俩的生命。我们只想活得有意义。'"

"你知道吗,他当时甚至能让妈妈也在信上签名。"拉吉夫说,"我觉得这很不可思议。在我的一生中,他从来没有让妈妈和他一起签过一封信。"

"可见,他对这件事情非常坚定。"苏尼塔在抽泣。

"苏苏,没事的。"拉吉夫安慰她,"周三我第一次见到他时非常伤心,但现在已经没事了。我就像当初和妈妈在一起时一样。这不是他。这不是我们的爸爸。"他转向了哈温德。"你说呢?"

"有什么好说的?"她顿了顿才回答,"做你想做的。反正时间都是一样的。人的寿命都是天注定的。"

那天晚上,苏尼塔是带着丈夫和两个孩子一起飞过来的。当晚晚些时候,我们坐在父亲的卧室里,趁他睡觉时分享着家族故事。这是赞美他的一种方式,但也像是葬礼的彩排。哥哥分享了我们在威尔士生活的三年半的回忆:我们在鲍街的房子,一家人在魔鬼桥的野餐。听他回忆我们家还很完整的那段时光,我的心中苦乐参半,尽管我对其中一些事情的回忆有所不同。那架钢琴一直放在房子的后面,而不是前门。我们放学回家时,妈妈永远都在家。《猫和老鼠》是我们在肯塔基州看的,不是在威尔士。看着父亲躺在那里,身体扭曲,大口吸着气,很难相信他曾经因为我们打破了前门的窗户在屋里追着我们跑来跑去。

周一的早晨,我根本不想起床。前几天的感觉就像是一场梦——或许我希望那是一场梦。但那天早上,我知道一场剧变即将到来。这是我一生都在害怕的事情。我不想去面对。

就在我离开家之前，妹妹给我发来了短信："护士来了。她说我们需要给他两种药，吗啡和另一种，每四小时一次。她说这非常重要。她说我们给他的还不够。除非他能够平静下来，否则就不会死。她正在增加两种药物的剂量。她还说，不要再给他静脉注射了。她说，继续给他静脉注射只会延长他的痛苦。"

我一到家就立刻跑去卧室查看爸爸的情况。他张着嘴：嘴唇和舌头上覆盖着厚厚一层结痂。听到我说"早上好"时，我察觉到他的眼睛在闪烁。虽然（由于吗啡或潜在疾病的缘故）他已经处于半昏迷状态，却似乎仍然能够感觉到我的存在。

临终关怀护士贾思敏也在房间里。她问我能不能和她谈谈。我们一起坐在床边。还没等她开口，我就问她是否还有可能改变父亲的护理计划。我想知道我们还能否给他试用抗生素，抽取血液样本，以便试图了解发生了什么。

哥哥从房间里走了出去。

"我们当然可以这么做。"贾思敏轻声说，"我知道这是一个非常突然的变化。我不认为这能让他回来，但如果这样做能让你好受一些，是可以的。"她问我，父亲在状态下滑之前的身体状况如何。

"很糟糕。"我承认。他吃得越来越少，出行也越来越困难。不过，就在一周前，他还和我一起去一家餐馆吃过午餐。"我不觉得他这是在宣布结局已定。"我不确定地表示，"也许我们可以支持他，给他一个重新振作的机会。"

她思考了片刻。"如果他能参与这次谈话，你觉得他会想要什么？"她问。

"哪个父亲?"我反问道,把心中一直纠结的难题浓缩成了一个问题,

"我小时候认识的那个父亲会看着今天的父亲说:'这不是我想要的。'但一个月前的父亲可能会说:'帮我渡过这个难关,这样我就能多活几星期或几个月。我听到自己对他说:'爸爸,你的生活没有意义。'他说:'你有什么资格告诉我这些?'"

她若有所思地点点头。我看得出来,她知道自己想让我做些什么,却又不想操之过急。

我说:"他的血压还是130/80,而且已经一个多星期没吃东西了。""他还在挣扎。我很难不去想,我们是否还应该做更多的事情来支持他。"

"这其实与我们经常在晚期痴呆症患者身上看到的病程十分相似。"贾思敏回答,"很多家庭常说,这就像是电灯的开关。他们所爱的人某天晚上上床睡觉,第二天醒来,突然发现正常的事情不再正常了。也许发生了一些急性的事情,比如尿路感染,改变了病程发生的速度。但尿路感染是终末期痴呆症的一部分。"她缓慢而有力地说。

我花了大约一分钟来思考她所说的话。在那之前,我觉得父亲状态的快速下滑似乎和我们与之抗争了近七年的疾病毫无关系。但是,通过将其定义为我们已经接受的疾病带来的后果,护士突然做出了不治疗的决定对我来说更容易接受。

"我希望他可以安详地死去。"我告诉她,"但现在,我感觉我们是在努力让他远离死亡。"

"记住,你不是一个人在做决定。"她回答说,"你不是找了一个健康的人,决定不给他抗生素而是服用吗啡。他的身体已经出现了衰退的迹象,但这个过程可能比家人们的预期长得多。

人的身体可以在没有食物的情况下存活很久,尤其是当它能够摄入液体时。"她补充道。

"那你有什么建议?"我的心里已经有了答案。

"我不推荐采用静脉输液。"她坚定地回答,"在我听来,你的爸爸好像是想告诉你们,如果他的生命已经到了这一步,就让他走吧。"

我们沉默地坐了几分钟。

哥哥走了进来。"你们决定了吗?"他问道。

我望着他,望着他信心十足的样子。我们处理问题的方式总是大相径庭。他从来无法容忍优柔寡断。作为一名具备外科医生心态的护理人员,他知道需要做些什么。我看得出来,他已经不需要再等我考虑清楚了。

我只能摇了摇头。"你决定吧。"我对他说。

于是他做出了决定。"请拔掉静脉输液。"哥哥对贾思敏说,然后迅速离开了房间。

一个人在缺水的情况下可以存活三天左右。我的父亲坚持了四天。在这四个没日没夜的日子里,我们坐在他的床边,放着祈祷歌,无言地等待着不可避免的结局。大约在我们取出静脉注射后的一天,他开始出现"濒死"状态,大口地吸着空气,黏糊糊的呼吸道仿佛堵着棉花。接下来是长时间的呼吸暂停,或者没有呼吸——这种情况经常预示着死亡。随着病情加重,我们加大了吗啡的剂量。在治疗晚期心力衰竭患者的过程中,我经常面对"双重效应"教义:追求良好结局的行为(比如症状缓解)在道德上是可以接受的,即便它们会导致负面结果(比如死亡),只要这种负面结果是无心的。我学到,如果预防痛苦是主要目的,加速死亡是不可避免的副作用,那么增加父亲的吗啡剂量在道德上就是合理的。然而,在最后的几天里,我们的意图究竟是什么,我至今仍然想不清楚。

"你可以走了,爸爸。"拉吉夫低声说。但他不肯放弃。我知道他会这么做,他对痛苦总是有着不可思议的忍耐力。"你等得越久,上帝就会让你等得越久。"哈温德劝他。她的话让我想起一位患晚期心脏病的老妇人曾经告诉我:"我丈夫总是说,最难做的事情就是死亡。我一直以为这很容易。"

看着他挣扎着坚持,我想到了他曾经是一个多么复杂的人。一个渴望得到认可的孤独者,一个有着不少偏见与成见的杰出科学家,一个依靠古老格言和陈词滥调来指导自己的"现代"思想家。最终夺去他生命的这种令人费解的疾病,同样也是他人生的写照。在将近七年的时间里,他的痴呆症似乎消灭了尊严,成了我们生活中的耻辱,仿佛一种异教的力量。但我意识到,恶化是事物自然状态中的一部分。因此,也许痴呆症作为我们不可避免地陷入死亡与衰退的一种表现,并不是那么陌生、不自然或不人道。

星期五的上午,他咽下了最后一口气。我原计划8点钟到家,但睡过头了。我九点差三分赶到时,妹妹疯狂地呼唤我上楼。"爸爸,桑迪普来了。"我走进房间的那一刻,哥哥大声喊道。我冲到床边,摸着父亲满是胡楂的脸颊。他深吸了一口气,大约15秒钟后,又吸了一口气。然后就安静了下来。和近四天来一样,我们等待他再吸一口气,但什么也没有等到。

随着他渐行渐远,大家开始哀号。我产生了一种奇怪的回忆。那是我们移民美国的第二年,9岁的我在肯塔基州自家后面的土坡上学骑自行车。那是一辆便宜的女式自行车,是我父亲在凯马特大减价时买的。它是为铺砌的街道制造的。当我左摇右晃地沿着沟壑纵横的小路骑行时,车子发出了嘎吱嘎吱的金属声。

　　在我的记忆中,父亲很快意识到我已经可以独自骑车下坡,便失去兴趣回家去了。在那个阳光明媚的 3 月早晨,当我紧紧抓住他毫无生气的身体时,不知为何仿佛看见他在我的身边奔跑。我在布满车辙的小路上疯狂地蹬着车,飞越过树枝和野草,父亲紧跟在我身后,确保我不会摔倒。我知道事情不是这样发生的,我无法想象它是这样发生的。但它现在已经成了我的记忆,我会好好将它保存。

致谢

我在创作这本书的过程中得到了许多人的帮助与支持,对此我深表感激。

我的经纪人托德·舒斯特二十多年来一直是我的朋友与支持者,我很感激他对我作为作家的信任。

我还要衷心感谢杰出的编辑亚历克斯·斯达。这本书的每一页都体现了亚历克斯的编辑智慧。能够与他共事,我感到十分幸运。

我还要感谢 FSG 出版社的其他几位同事:亚历克斯的助理伊恩·范·怀帮忙编辑了手稿,并在项目过程中处理了许多重要的细节;特约文案编辑克里斯蒂娜·尼科尔斯;以及由洛琴·西福斯领导的出色的宣传团队。当然,我也要感谢 FSG 出版社的米茨·安吉尔当初给了我创作这部作品的机会。

我很幸运能与长岛犹太医疗中心的一群杰出同事一起工作,包括莫林·霍根、塔玛拉·扬斯、帕蒂·乌尔索曼诺和特蕾西·斯普里尔在项目中对我的支持。我还要特别感谢我的上司罗翰·班萨利和杰夫·库文。

现在我要衷心感谢另外几位朋友和助手，包括丹尼尔·奥夫里、丹尼尔·科恩、莫林·米勒、科迪·埃尔克勤、迪·洛、摩瑞士·沙阿、艾米丽·勒米厄、扎克·梅尔和迪尼斯·科玛雷迪，以及我出色的前编辑保罗·埃利。他们都为我的初稿提出过意见，或者协助我进行过研究。

当然，书中这些内容最终的责任还是要由我来承担。如果内容存在任何错误，都是我的过失，我会为此负全责。

我要把最深切的感激留给我的家人：我的妻子索尼娅，还有我亲爱的哥哥拉吉夫和妹妹苏尼塔。还有我的两个孩子：莫汉和皮娅。他们在整个项目过程中给予了我深深的爱与支持，他们是我生命中的两盏明灯。

最后，我要感谢父亲在我的一生中对我的督促与鞭策。他是我作为作家的第一个榜样。尽管我可能不愿意承认，但无论好坏，我在许多不同的方面就是他的延续。